Strindberg · Fräulein Julie

August Strindberg

Fräulein Julie

Ein naturalistisches Trauerspiel

Mit Strindbergs Vorwort
zur Erstausgabe

Übersetzt von Christel Hildebrandt
Nachwort von Ruprecht Volz

Reclam

Schwedischer Originaltitel:
Fröken Julie
(1888)

RECLAMS UNIVERSAL-BIBLIOTHEK Nr. 18266
2003 Philipp Reclam jun. GmbH & Co. KG,
Siemensstraße 32, 71254 Ditzingen

Druck und Bindung: EsserDruck Solutions GmbH,
Untere Sonnenstraße 5, 84030 Ergolding
Printed in Germany 2023
RECLAM, UNIVERSAL-BIBLIOTHEK und
RECLAMS UNIVERSAL-BIBLIOTHEK sind eingetragene Marken
der Philipp Reclam jun. GmbH & Co. KG, Stuttgart
ISBN 978-3-15-018266-6
www.reclam.de

AUGUST STRINDBERG

Vorwort zur Erstausgabe

Das Theater erschien mir lange, wie die Kunst überhaupt, eine *Biblia Pauperum* zu sein, eine Bilderbibel für diejenigen, die nichts Geschriebenes oder Gedrucktes lesen können, und der Bühnenautor ein Laie, der die Gedanken der Zeit in eine populäre Form kolportiert, so populär, dass die Mittelklasse, die das Theater hauptsächlich bevölkert, ohne großes Kopfzerbrechen verstehen kann, worum es geht. Das Theater ist deshalb immer eine Volksschule für die Jugend, die Halbgebildeten und die Frauen gewesen, für alle, die noch ein wenig die Fähigkeit besitzen, sich selbst zu betrügen und sich betrügen zu lassen, das heißt, Illusion aufzusaugen, Suggestionen des Autors entgegenzunehmen. Deshalb ist mir der Gedanke gekommen, ob nicht das Theater genau wie die Religion in unserer Zeit, in der das rudimentäre, unvollständige Denken, das sich mithilfe der Phantasie entfaltet, sich zu Reflexion, Untersuchung, Erprobung zu entwickeln scheint, wie eine aussterbende Kunstform darniederliegt, die zu genießen uns die erforderlichen Bedingungen fehlen. Für diese Annahme spricht die anhaltende Theaterkrise, die inzwischen ganz Europa befallen hat, und nicht zuletzt die Tatsache, dass in den Kulturländern, die bisher die größten Denker des Zeitalters hervorgebracht haben, nämlich England und Deutschland, die Dramenkunst tot ist, wie auch der größte Teil der anderen schönen Künste.

In anderen Ländern wiederum hat man geglaubt, eine neue Art des Dramas dadurch zu erschaffen, indem die alten Formen einfach mit dem Inhalt der neuen Zeit gefüllt werden; aber entweder hatten die neuen Gedanken nicht genug Zeit, wirklich populär zu werden, damit das Publikum auch begreifen kann, worum es geht, oder die Parteienkämpfe haben die Sinne so erhitzt, dass ein reiner, interessenloser Genuss nicht erreichbar ist, weil seinem Innersten widersprochen wird und eine applaudierende oder pfeifende Majorität ihre Macht so öffentlich es nur geht ausübt – in einem Theatersaal; oder aber man hat nicht die neue Form für den neuen Inhalt gefunden, sodass der neue Wein die alten Schläuche sprengt.

Im vorliegenden Drama habe ich nicht versucht, etwas wirklich Neues zu schaffen, denn das kann man nicht. Ich habe nur die Form entsprechend den Anforderungen modernisiert, die meiner Meinung nach der neue Mensch an die Kunst stellen wird. Und zu diesem Zweck habe ich ein Motiv gewählt – oder mich von ihm fesseln lassen –, von dem es heißt, dass es außerhalb der aktuellen Parteikämpfe liegt, weil das Problem des sozialen Aufstiegs oder Falls, die Frage nach höher oder niedriger, nach besser oder schlechter, nach Mann oder Frau von Interesse war, ist und immer sein wird. Ich wählte das Motiv direkt aus dem Leben, wie es mir vor einigen Jahren zugetragen wurde, und weil die Ereignisse einen starken Eindruck auf mich gemacht haben, sah ich es als geeignet an für ein Trauerspiel, denn es macht schon einen traurigen Eindruck, ein glückliches, besser gestelltes Individuum untergehen zu sehen – umso mehr, wenn damit eine Familie ausstirbt. Aber vielleicht kommt einmal die Zeit, dass wir so entwickelt, so aufgeklärt sind, dass wir nur noch mit Gleichgültigkeit betrachten, was das raue, zynische, herzlose Schauspiel des Lebens uns so bereitet, in der wir diese niederen, unzuverlässigen Gedankenmaschinen, die wir Gefühle nennen, ablegen, weil sie überflüssig und schädlich werden, sobald sich unser Urteilsorgan entwickelt hat. Dass die Heldin Mitleid erweckt, beruht einzig und allein auf unserer Schwäche, das Gefühl nicht abschütteln zu können, dass uns das gleiche Schicksal ereilen könnte. Aber dem äußerst empfindsamen Zuschauer dürfte dieses Mitleid nicht genügen, und der Fortschrittsgläubige könnte möglicherweise positive Vorschläge fordern, wie dem Bösen beizukommen wäre, mit anderen Worten ein Stück Programm. Doch zum einen gibt es nichts absolut Böses, denn wenn eine Familie untergeht, ist ja das ein Glück für eine andere Familie, die dadurch aufsteigen kann, und der Wechsel zwischen Aufstieg und Fall macht eines der schönsten Sachen in einem Leben aus, dessen Glück nur noch im Vergleich liegt. Und den Programmverantwortlichen, der die traurige Tatsache, dass ein Raubvogel eine Taube und die Laus den Raubvogel frisst, ablehnt, möchte ich fragen: Warum sollte dem Betreffenden geholfen werden? Das Leben ist nicht so mathematisch-idiotisch, dass nur die Großen die Kleinen fressen, es passiert ebenso oft, dass die Biene den Löwen tötet oder zumindest zum Wahnsinn treibt.

Dass mein Trauerspiel auf viele einen traurigen Eindruck macht, ist der Fehler der vielen. Wenn wir stark werden wie die ersten Männer der Französischen Revolution, wird es einen eindeutig guten und erfreulichen Eindruck machen, wenn die städtischen Parkanlagen von morschen, überalterten Bäumen gesäubert sind, die viel zu lange anderen im Weg standen, die das gleiche Recht auf Wachstum zu ihrer Zeit haben, ein ebenso guter Eindruck, als wenn man einen unheilbar Kranken sieht, der endlich sterben darf! Vor kurzem warf man meinem Trauerspiel *Der Vater* vor, dass es so traurig sei, als erwartete man fröhliche Trauerspiele, man ruft mit Nachdruck nach Lebensfreude, und die Theaterdirektoren bestellen Schwänke, als läge die Lebensfreude einzig darin, albern zu sein und über Menschen zu lachen, als wären sie alle vom Veitstanz oder Wahnsinn befallen. Ich finde meine Lebensfreude in den heftigen, grausamen Kämpfen des Lebens, und ich genieße es, etwas zu erfahren, zu lernen. Und deshalb habe ich einen ungewöhnlichen, aber lehrreichen Fall ausgewählt, mit einem Wort: eine Ausnahme, aber eine große Ausnahme, die die Regel bestätigt, was sicher die verletzen wird, die das Banale lieben. Außerdem wird es eine einfache Zuschauerin vor den Kopf stoßen, dass meine Begründung der Handlung nicht so einfach und der Blickwinkel nicht immer gleich ist. Jedes Ereignis im Leben – und das ist eine ziemlich neue Entdeckung! – wird normalerweise von einer ganzen Serie mehr oder weniger tief liegender Motive hervorgerufen, aber der Zuschauer sucht sich für gewöhnlich das heraus, was nach seinem Gutdünken am leichtesten zu begreifen ist, oder seinem Urteilsvermögen nach das vorteilhafteste. Hier wird ein Selbstmord begangen! »Schlechte Geschäfte!«, sagt der Bürger. »Unglückliche Liebe!«, sagen die Frauen. »Körperliche Krankheit!«, der Kranke. »Zerstörte Hoffnungen!«, der Schiffsbrüchige. Aber nun kann es sein, dass das Motiv überall zu finden ist oder nirgends, und dass der Verstorbene das eigentliche Motiv verborgen hat, indem er ein ganz anderes hervorhebt, das ihn im Nachhinein vorteilhafter dastehen lässt!

Fräulein Julies trauriges Schicksal habe ich mit einer ganzen Reihe von Gründen motiviert: die »schlechten« Grundinstinkte der Mutter; die falsche Erziehung des Mädchens durch den Vater; das eigene Naturell und die Suggestionen des Verlobten, die auf das schwache, degenerierte Gehirn einwirkten; dazu kommen: die Festtagsstimmung der Mittsommernacht; die Abwesenheit des Vaters; ihre Menstruation; der Umgang mit den Tieren; der erhitzende Einfluss des Tanzes; die Dämmerung der Nacht; die stark aphrodisierende Wirkung der Blumen; und schließlich der Zufall, der die beiden in einem abgelegenen Raum zusammenführt, plus die Aufdringlichkeit des erregten Mannes.

Ich bin also nicht nur einseitig physiologisch vorgegangen, nicht monoman psychologisch, habe nicht nur dem Erbe der Mutter die Schuld gegeben, die Schuld nicht nur in der monatlichen Regel gesucht, nicht ausschließlich »Unsittlichkeit« verordnet, nicht nur Moral gepredigt – Letzteres habe ich der Köchin überlassen, in Ermangelung eines Priesters!

Diese Vielfalt an Motiven will ich mir rühmen, da sie zeitgemäß ist! Und falls es schon andere vor mir getan haben, so prahle ich damit, dass ich mit meinen Paradoxien, wie alle Erfindungen zunächst genannt werden, nicht allein dastehe.

Was die Charakterzeichnung betrifft, habe ich die Figuren aus folgenden Gründen ziemlich charakterlos gemacht:

Das Wort Charakter hat im Laufe der Zeit vielfältige Bedeutungen bekommen. Ursprünglich bedeutete es wohl den dominierenden Grundzug im Seelenkomplex und wurde mit dem Temperament verwechselt. Dann wurde es zum Ausdruck der Mittelklasse für Automatismus: dass ein Individuum, das ein für alle Mal bei seinem Naturell bleibt oder sich einer bestimmten Rolle im Leben anpasst, mit anderen Worten aufhört zu wachsen und sich zu entwickeln, als Charakter bezeichnet wird, und während derjenige, der sich noch in der Entwicklung befindet, der geschickte Navigator auf dem Fluss des Lebens, der nicht mit festgezurrten Segeln fährt, sondern sich nach den sich drehenden Winden richtet, um wieder hochzukommen, als charakterlos bezeichnet wird. Natürlich mit abschätzigen Bemerkungen, weil er doch so schwer einzufangen, einzuordnen und im Zaume zu halten ist. Dieser bürgerliche Begriff von der Unberührtheit der Seele wurde auch auf die Bühne übertragen, wo das Bürgerliche schon immer vorgeherrscht hat. Ein Charakter wurde dort zu einem Herrn, der insgesamt fix und fertig war, ständig ohne Ausnahme betrunken, schüchtern oder betreten auftrat, und zur Charakterisierung brauchte der Körper nur ein Gebrechen bekommen, einen Klumpfuß, ein Holzbein, eine rote Nase, oder dass der Betreffende eine Floskel wie »das war aber galant« oder »Barkis möchte aber …« immer wiederholt. Diese Art, den Menschen so einfach zu sehen, sitzt selbst bei dem großen Molière ganz tief. Harpagon ist einzig und allein geizig, obwohl Harpagon doch sowohl geizig als ein ausgezeichneter Geschäftsmann, ein wunderbarer Vater und ein guter Mitbürger hätte sein können. Und – was schlimmer ist – sein Mangel kommt seinem Schwiegersohn und seiner Tochter sehr entgegen, die ihn beerben werden und ihm deshalb eigentlich keine Vorwürfe machen dürften, auch wenn sie noch damit warten müssen, zusammen ins Bett zu kommen. Deshalb glaube ich nicht an simple Theatercharaktere und die summarischen Urteile der Autoren über die Menschen: der ist dumm, der ist brutal, der ist neidisch, der ist geizig, das müsste von den Naturalisten geglättet werden, denn die wissen, wie reichhaltig der Seelenkomplex ist und dass ein »Laster« auch eine Kehrseite hat, die nur zu oft einer Tugend ähnelt.

Als moderne Charaktere, in einer Übergangszeit lebend, die zumindest hektischer und hysterischer als die vorhergehende ist, habe ich meine Figuren wankelmütiger, zerrissener geschildert, als ein Gemisch aus alt und neu, und es erscheint mir nicht abwegig, dass moderne Ideen durch Zeitungen und Gespräche sogar in die Bereiche vorgedrungen sind, in denen die Hausbediensteten leben. Deshalb zeigt der Diener in seiner ererbten Sklavenseele gewisse moderne Ansätze. Und diejenigen, die es nicht richtig finden, wenn wir die Personen in modernen Dramen dem Darwinismus das Wort führen lassen, während sie gleichzeitig empfehlen, sich doch Shakespeare anzusehen, die möchte ich daran erinnern, dass der Totengräber in Hamlet Giordano Brunos (Bacons) Modephilosophie der damaligen Zeit verkündet, was viel unwahrscheinlicher ist, da die Verbreitungsmöglichkeit für Ideen in der damaligen Epoche schlechter war als heute. Und außerdem ist es so, dass es den »Darwinismus« zu allen Zeiten gegeben hat, schon seit Moses bzw. der Schöpfungsgeschichte von den niederen Tieren bis zu den Menschen, nur haben wir das erst jetzt entdeckt und formuliert!

Meine Seelen (Charaktere) sind Konglomerate vergangener und gegenwärtiger Kulturstufen, Teile aus Büchern und Zeitschriften, Stücke von Menschen, abgerissene Fetzen von Sonntagskleidern, die zu Lumpen geworden sind, wie auch die Seele zusammengeflickt ist. Zusätzlich habe ich ein wenig Entwicklungsgeschichte beigefügt, wenn ich die Schwachen Worte der Stärkeren benutzen und wiederholen lasse, die Seelen »Ideen« finden, Suggestionen, wie sie genannt werden, voneinander übernehmen, aus dem Milieu (das Blut des Grünzeisigs), aus den Gegenständen (das Rasiermesser), und ich lasse »Gedankenübertragung« durch tote Medien (die Reitstiefel des Grafen, die Glocke) stattfinden, letztendlich wird sogar »wache Suggestion« zu Hilfe genommen, eine Variation der schlafenden, was nun so banal und anerkannt ist, dass es weder Abscheu noch Misstrauen erwecken dürfte, wie noch zu Mesmers Zeiten.

Fräulein Julie ist ein moderner Charakter, nicht, weil es Halbfrauen, Männerhasserinnen nicht zu allen Zeiten gegeben hätte, sondern weil sie inzwischen entdeckt wurde, hervortritt und Lärm macht. Die Opfer des Irrglaubens (der selbst stärkere Gehirne befällt), dass die Frau, diese verkrüppelte Form des Menschen, die neben dem Mann, dem Herrscher der Schöpfung, dem Schöpfer der Kultur, steht, dem Manne ebenbürtig sein könnte, verwickeln sich in ein unnützes Streben, das sie scheitern lässt. Unnütz, weil eine verkrüppelte Form laut der Fortpflanzungsgesetze immer verkrüppelt geboren wird und nie den einholen kann, der einen Vorsprung hat gemäß der Formel: A (der Mann) und B (die Frau) starten vom gleichen Punkt C; A (der Mann) mit einer Geschwindigkeit, sagen wir mal von 100 und B (die Frau) mit einer Geschwindigkeit von 60. Wann, lautet jetzt die Frage, wird B A einholen? – Antwort: *Niemals!* Weder mit Hilfe gleichen Unterrichts, gleichen Stimmrechts, Entwaffnung oder Mäßigung, ebenso wenig, wie sich zwei parallele Linien jemals schneiden werden.

Die Halbfrau ist ein Typ, der nach vorn drängt, sich heute für Macht, Orden, Auszeichnungen, Diplome verkauft, wie früher für Geld, und der Entartung erkennen lässt. Das ist keine gute Art, denn sie hat keinen Bestand, pflanzt sich aber leider mit ihrem Elend fort, und entartete Männer treffen anscheinend unbewusst ihre Wahl unter ihnen, sodass sie sich vermehren, Wesen unbestimmten Geschlechts hervorbringen, die das Leben quält, die aber glücklicherweise untergehen, entweder in der Disharmonie mit der Wirklichkeit oder durch den ungezügelten Ausbruch des unterdrückten Triebs oder aber aufgrund zerstörter Hoffnungen, einem Mann näher zu kommen. Die Spezies ist tragisch, sie zeigt das Schauspiel eines verzweifelten Kampfes gegen die Natur, tragisch als ein Erbe der Romantik, das jetzt vom Naturalismus betrogen wird, denn der will nur noch das Glück, und zu dem Glück gehören starke, gute Arten. Aber Fräulein Julie ist daneben auch ein Rest dieses alten Kriegeradels, der jetzt zugunsten des neuen Nerven- oder Großes-Gehirn-Adels untergeht, ein Opfer der Disharmonie, die »das Verbrechen« einer Mutter in einer Familie hervorruft, ein Opfer der Wirrungen der Zeit, der Umstände, ihrer eigenen anfälligen Konstitution, was alles zusammen dem uralten »Schicksal« oder »Gesetz des Universums« entspricht – die Schuld hat der Naturalist mit Gott gestrichen, aber die Folgen der Handlung, Strafe, Gefängnis oder die Angst davor, können nicht gestrichen werden, aus dem einfachen Grund, weil sie weiter existieren, ob er sie nun streicht oder nicht, weil die benachteiligten Mitmenschen nicht so bescheiden sind, wie es die nicht benachteiligten Außenstehenden problemlos sein können, und auch wenn der Vater aus zwingendem Grund auf die Rache verzichten würde, nähme die Tochter an sich selbst Rache, wie sie es hier tut – aus dem angeborenen oder ererbten Ehrgefühl heraus, das den höheren Klassen im Blut liegt – woher nur? Aus der Barbarei, aus dem arischen Urheim, aus dem Rittertum des Mittelalters, und es ist ungemein schön, aber heutzutage dem Erhalt der Art nicht dienlich. Es ist das *Harakiri* des Adligen, das innere Gesetz des Gewissens eines Japaners, das ihn dazu veranlasst, *sich selbst* den Bauch aufzuschlitzen, wenn ein anderer ihn beleidigt hat, was modifiziert im Duell, diesem Adelsprivileg, weiterlebt. Deshalb lebt der Bedienstete Jean weiter, während Fräulein Julie nicht ohne Ehre leben kann. Das ist der Vorsprung des Sklaven vor dem Grafen: dass ihm dieses lebensgefährliche Vorurteil hinsichtlich der Ehre fehlt. In uns allen ist etwas von Arier, Edelmann oder Don Quichotte, was uns mit dem Selbstmörder sympathisieren lässt, der eine ehrlose Tat begangen und damit seine Ehre verloren hat, und wir sind edel genug, dass es uns schmerzt, eine gefallene Größe wie eine Leiche herumliegen zu sehen, selbst wenn der Gefallene sich wieder aufrichten sollte und alles durch ehrenhafte Handlungen wieder gutmachen würde. Der Diener Jean ist ein Artenschöpfer, bei dem die Differenzierung deutlich wird. Er war Armenkind und hat sich inzwischen zu einem zukünftigen Herrenmenschen entwickelt. Das Lernen ist ihm leicht gefallen, er hat ausgebildete Sinne (Riechen, Schmecken, Sehen) und einen Blick fürs Schöne. Er ist bereits aufgestiegen und stark genug, sich der Dienste anderer Menschen zu bedienen, ohne sich dadurch verletzt zu fühlen. Er ist seiner Umgebung bereits voraus, verachtet sie ebenso wie die zurückgelegten Stadien, die er fürchtet und meidet, denn dort kennt man seine Geheimnisse, kann seine Absichten erraten, schaut mit Neid seinem Aufstieg zu und erwartet mit Befriedigung seinen Untergang. Daraus resultiert sein zwiespältiger, unentschlossener Charakter, schwankend zwischen Sympathie für das Hohe und dem Hass gegenüber denen, die jetzt dort sitzen. Er behauptet selbst, er sei Aristokrat, hat die Geheimnisse der guten Gesellschaft kennen gelernt, ist geschniegelt, aber darunter roh, trägt bereits mit Würde den Gehrock, ohne eine Garantie dafür geben zu können, dass er auch am Körper rein ist.

Er hat Respekt vor dem Fräulein, fürchtet sich dagegen vor Kristin, denn diese weiß von seinem gefährlichen Geheimwissen. Er ist gefühllos genug, dass die nächtlichen Ereignisse seine Zukunftspläne nicht stören können. Mit der Rohheit des Sklaven und mit dem Mangel an Weichherzigkeit eines Herrschers kann er Blut sehen, ohne ohnmächtig zu werden, ein Missgeschick beim Schopfe packen und zu Boden werfen. Deshalb geht er unverletzt aus dem Kampf hervor und wird wahrscheinlich als Hotelbesitzer enden, und auch wenn *er* kein rumänischer Graf wird, wird doch wahrscheinlich sein Sohn es zum Studenten und möglicherweise sogar zum Polizeichef bringen.

Übrigens gibt er uns ziemlich wichtige Informationen über die Auffassung der niederen Klassen vom Leben, von unten betrachtet, jedenfalls wenn er die Wahrheit spricht, was er nicht oft tut, denn er sagt lieber Dinge, die vorteilhaft für ihn sind, als das, was stimmt. Als Fräulein Julie die Vermutung ausspricht, dass wohl alle in den unteren Schichten deutlich den Druck von oben spüren, stimmt Jean ihr natürlich zu mit der Absicht, ihre Sympathie zu gewinnen, aber schnell ändert er sein Äußeres, als er einen Vorteil darin sieht, sich von der Menge zu unterscheiden.

Abgesehen davon, dass Jean ein Aufsteiger ist, steht er über Fräulein Julie, weil er ein Mann ist. Vom Geschlecht her ist er aufgrund seiner männlichen Stärke, seiner besser entwickelten Sinne und seiner Fähigkeit, die Initiative zu ergreifen, ein Aristokrat. Seine Unterlegenheit besteht vor allem in dem zufälligen sozialen Milieu, in dem er lebt und das er offensichtlich mit der Livree ablegen kann.

Sein Sklavengemüt äußert sich in seiner Ehrfurcht dem Grafen gegenüber (die Stiefel) und in seinem religiösen Aberglauben, aber er verehrt den Graf eher als denjenigen, der den Platz einnimmt, den er selbst anstrebt, und diese Verehrung bleibt auch bestehen, als er die Tochter des Hauses erobert hat und erkennt, wie zerbrechlich die schöne Schale ist.

Ich denke nicht, dass eine Liebesbeziehung in »höherem« Sinn zwischen zwei Seelen so unterschiedlicher Art entstehen kann, deshalb lasse ich Fräulein Julie die Liebe für sich als irgendwie schützend und entschuldigend erdichten; und Jean lasse ich vermuten, dass seine Liebe nur unter anderen sozialen Bedingungen entstehen könnte. Ich glaube, mit der Liebe ist es wie mit der Hyazinthe, die im Dunkel Wurzeln schlagen muss, bevor sie eine kräftige Blume hervorbringen kann. Hier bricht sie aus und bildet gleichzeitig Blüte und Samen, weshalb die Pflanze auch so schnell stirbt.

Kristin schließlich ist ein weiblicher Sklave, voller Unselbständigkeit, Verschlagenheit, geschaffen für den Platz vor dem Herd, tierisch unwissend in ihrer Heuchelei, voll gesogen mit Moral und Religion als Deckmäntelchen und Sündenbock, was der Starke überhaupt nicht braucht, kann er doch seine Schuld selbst tragen oder sie wegerklären! Sie geht in die Kirche, um schnell bei Jesus ihre Hausdiebstähle abzuladen und eine neue Portion Schuldlosigkeit zu bekommen.

Außerdem ist sie eine Nebenfigur und deshalb absichtlich nur skizziert, wie ich es auch mit dem Priester und dem Arzt in *Der Vater* gemacht habe, da ich Alltagsmenschen darstellen wollte, wie es Landpfarrer und Landärzte meistens sind. Und wenn meine Nebenfiguren dadurch etwas abstrakt erscheinen, liegt das daran, dass Alltagsmenschen in gewisser Weise bei der Ausübung ihrer Arbeit immer abstrakt sind, das heißt unselbständig, durch ihre berufliche Tätigkeit einseitig; und solange die Zuschauer kein Bedürfnis haben, weitere Seiten kennen zu lernen, sind meine abstrakten Schilderungen ziemlich treffend.

Was schließlich den Dialog betrifft, so habe ich etwas mit der Tradition gebrochen, indem ich meine Personen nicht zu Schülern gemacht habe, die dasitzen und dumme Fragen stellen, um eine schlaue Antwort hervorzurufen. Ich habe das Symmetrische, Mathematische der französischen konstruierten Dialoge vermieden und die Gehirne unregelmäßig arbeiten lassen, wie sie es auch in Wirklichkeit tun, denn in einem Gespräch wird das eine Thema auch nicht bis ins Letzte durchgesprochen, vielmehr bekommt ein Kopf nach dem anderen einen Anstoß, den er nutzen kann. Und deshalb springt auch der Dialog, versieht sich in den ersten Szenen mit Material, das später bearbeitet wird, aufgegriffen, wiederholt, ausgeweitet, präsentiert, wie das Thema in einer Musikkomposition.

Die Handlung gibt genügend her, und da es sich eigentlich nur um zwei Personen handelt, habe ich mich an diese gehalten, nur eine Nebenfigur hinzugezogen, die Köchin, und den unglücklichen Geist des Vaters über und hinter allem schweben lassen. Denn ich meine gespürt zu haben, dass den Menschen der neueren Zeit der psychologische Verlauf am meisten interessiert, jede wissbegierige Seele gibt sich nicht damit zufrieden, zu sehen, was vor sich geht, sondern möchte wissen, wie es dazu kommt! Wir wollen die Fäden sehen, die Maschinerie, den Kasten mit dem doppelten Boden untersuchen, den Zauberring in die Hand nehmen, um die Naht zu finden, in die Karten schauen, um festzustellen, wie sie markiert sind.

Dabei habe ich die monographischen Romane der Brüder Goncourt im Auge gehabt, die mich von der gesamten Gegenwartsliteratur am meisten ansprechen.

Was das Technische der Komposition betrifft, so habe ich die Akteinteilung gestrichen. Das habe ich gemacht, weil ich denke, dass unser abnehmendes Illusionsvermögen eventuell durch Pausen gestört wird, während deren die Zuschauer Zeit zum Nachdenken haben und dadurch dem suggestiven Einfluss des Autors/Magnetiseurs entzogen werden. Mein Stück dauert wahrscheinlich neunzig Minuten, und da man einer Vorlesung, einer Predigt oder einem Kongressvortrag ebenso lange oder länger folgen kann, bilde ich mir ein, dass ein Theaterstück nicht vor mehr als eineinhalb Stunden ermüden würde. Bereits 1872 habe ich bei meinem ersten Theaterversuch *Der Friedlose* diese konzentrierte Form ausprobiert, wenn auch mit geringem Erfolg. Das Stück war in fünf Akten geschrieben und lag fertig da, als ich das Zerrissene, Unruhige in dem Werk bemerkte. Es wurde verbrannt, und aus der Asche trat ein einziger großer, durchgearbeiteter Akt über fünfzig Buchseiten hervor, der nicht länger als eine Stunde dauert. Die Form ist absolut nicht neu, scheint mir aber zu liegen und hat möglicherweise aufgrund veränderten Zuschauergeschmacks Aussicht, zeitgemäß zu werden. Mein Ziel ist es weiterhin, das Publikum dahingehend zu erziehen, dass es eine Abendveranstaltung in einem einzigen Akt aushält, aber das muss erst untersucht werden. Um trotzdem für das Publikum und die Schauspieler Ruhepunkte zu schaffen, ohne das Publikum aus der Illusion zu entlassen, habe ich die Kunstformen aufgenommen, die zur dramatischen Kunst gehören, nämlich: Monolog, Pantomime und Ballett, die ursprünglich mit der antiken Tragödie zusammenhängen, wobei aus der Monodie der Monolog und aus dem Chor das Ballett geworden ist.

Der Monolog ist zwar von unseren Realisten als unwahrscheinlich verbannt worden, aber wenn ich ihn richtig motiviere, wird er glaubhaft und kann somit voller Nutzen eingesetzt werden. Schließlich ist es vorstellbar, dass ein Redner allein hin und her läuft und sich laut seine Rede vorliest, ebenso wie ein Schauspieler seine Rolle laut durchgeht; dass ein Mädchen mit seiner Katze spricht, eine Mutter mit ihrem Kind scherzt, eine alte Mamsell mit ihrem Papagei schnattert, ein Schlafender im Traum redet. Und um dem Schauspieler auch einmal die Gelegenheit zu selbständiger Arbeit zu geben und ihn für einen Moment von dem Gängelband des Autors zu entlassen, habe ich die Monologe nicht ausgeführt, sondern nur angedeutet. Denn da es relativ gleichgültig ist, was im Schlaf oder zur Katze gesagt wird, und auf jeden Fall keinen Einfluss auf die Handlung hat, kann ein begabter Schauspieler, der sich mitten in der Stimmung und Situation befindet, möglicherweise besser improvisieren als der Autor, der nicht schon im Vorwege einschätzen kann, wie viel geredet werden darf und wie lange, ohne dass das Publikum aus seiner Illusion geholt wird.

Wo ein Monolog jedoch unwahrscheinlich wäre, habe ich zur Pantomime gegriffen, und hier lasse ich dem Schauspieler noch größere künstlerische Freiheit – und die Möglichkeit sich zu profilieren. Denn um trotz allem das Publikum nicht zu überfordern, lasse ich die Musik, ausgehend vom Mittsommernachtstanz, eine illusorische Macht während des stummen Spiels ausüben, und ich bitte den Musikdirektor von ganzem Herzen, bei der Wahl des Stücks zu beachten, dass durch aktuelle Musik oder Tanzszenen oder durch allzu ethnographisch geprägte, folkloristische Töne eine fremde Stimmung erzeugt wird.

Das Ballett habe ich eingeführt, und es darf nicht durch eine sogenannte Volksszene ersetzt werden, weil Volksszenen immer schlecht gespielt werden und jede Menge von Jammerlappen die Gelegenheit gern nutzen sich hervorzutun und damit die Illusion stören. Und weil die Leute ihren Spott nicht improvisieren, sondern sich fertigen Materials bedienen, das zweideutig ausgelegt werden kann, habe ich das Spottlied nicht selbst erdichtet, sondern ein weniger bekanntes Tanzspiel benutzt, das ich selbst in der Stockholmer Gegend aufgeschnappt habe. Die Worte passen in etwa, aber nicht haargenau, und so soll es auch sein, denn das Verschlagene (Schwache) beim Sklaven lässt keinen direkten Angriff zu. Also keine viel sagenden Wortscherze in einer ernsten Handlung, kein rohes Grinsen über eine Situation, die den Deckel über dem Sarg einer Familie schließt.

Was nun das Bühnenbild betrifft, habe ich das Unsymmetrische, das Abgeschnittene aus der Malerei der Impressionisten geliehen, und ich glaube, dass ich damit die Illusion verstärkt habe, denn wenn man nicht den ganzen Raum und das gesamte Mobiliar sieht, bleibt die Möglichkeit, etwas zu erahnen, das heißt die Phantasie wird aktiviert und vervollständigt das Bild. Auch dadurch, dass ich die ermüdenden Abgänge durch Türen weglasse, habe ich gewonnen, sind doch die Theatertüren sowieso aus Stoff, schwingen bei jeder Berührung und können nicht einmal der Wut eines aufbrausenden Familienvaters Ausdruck verleihen, wenn er nach einem schlechten Essen hinausgeht und die Tür hinter sich zuschlägt, dass das ganze Haus erzittert! (Im Theater schaukelt es!) Außerdem habe ich es bei nur einem Bühnenbild gelassen, einerseits, damit die Figuren mit der Umgebung verschmelzen, andererseits, um mit diesem Bühnenbildluxus zu brechen. Aber wenn man nur ein Bühnenbild hat, muss man auch fordern, dass es wirklichkeitsgetreu ist. Und nichts ist schwerer, als ein Zimmer ungefähr wie ein Zimmer aussehen zu lassen, wie leicht es dem Maler auch fällt, feuerspeiende Berge und Wasserfälle hervorzubringen. Mögen die Wände auch aus Stoff sein, so ist es zumindest an der Zeit, damit aufzuhören, Regale und Küchengeräte auf diese Leinwand zu malen. Es gibt so viele andere konventionelle Dinge auf der Bühne, die wir glauben sollen, dass wir uns nicht auch noch die Mühe machen müssen, an gemalte Töpfe zu glauben.

Ich habe den Hintergrund und den Tisch schräg gestellt, damit die Schauspieler en face und im Halbprofil spielen können, wenn sie sich am Tisch gegenübersitzen. In der Oper Aïda habe ich einen schrägen Hintergrund gesehen, der den Blick in unbekannte Perspektiven führte – und der schien nicht als Protest gegen die ermüdende gerade Linie entstanden zu sein.

Eine andere, nicht ganz unsinnige Neuheit ist der Wegfall der Rampe. Diese Beleuchtung von unten hat ja die Aufgabe, die Gesichter der Schauspieler runder erscheinen zu lassen. Aber ich frage: Warum sollen alle Schauspieler ein rundes Gesicht haben? Verwischt dieses Licht von unten nicht einen Teil der feinen Züge in den unteren Partien des Gesichts, besonders des Kiefers, verfälscht es nicht die

Form der Nase, wirft Schatten über die Augen? Und wenn dem auch nicht so wäre, dann gibt es noch einen anderen Grund: die Augen der Schauspieler werden geblendet, sodass das wirkungsvolle Spiel der Blicke verloren geht, denn das Rampenlicht trifft die Netzhaut an Stellen, die normalerweise geschützt sind (außer bei Seeleuten, die die Sonnenspiegelung im Wasser sehen), und deshalb sieht man selten andere Augenspiele als hartes Starren entweder zur Seite oder zu den Rängen hoch, bei dem das Weiße im Auge sichtbar wird, und möglicherweise ist ja auch das ermüdende Klimpern mit den Augenlidern besonders bei Schauspielerinnen dem gleichen Grund zuzuschreiben. Und will jemand auf der Bühne mit den Augen sprechen, so bleibt ihm/ihr nur der schlechte Ausweg, direkt ins Publikum zu schauen, aber welcher Schauspieler / welche Schauspielerin möchte denn außerhalb des Rahmens der Vorhänge in direkten Kontakt mit den Leuten treten? Eine Unsitte, die zu Recht oder Unrecht als »Grüßen der Bekannten« bezeichnet wird!

Könnte denn nicht ausreichend starke Seitenbeleuchtung (mit Reflektoren oder Ähnlichem) den Schauspielern diese neue Möglichkeit bieten: die Mimik mit der größten Ressource des Gesichts zu stärken, dem Augenspiel? Irgendwelche Illusionen, die Schauspieler dazu zu bringen, für das Publikum und nicht mit ihm zu spielen, habe ich kaum, auch wenn das ein Wunsch wäre. Ich träume nicht davon, eine ganze wichtige Szene lang den Rücken eines Akteurs zu sehen, aber ich wünsche mir lebhaft, dass entscheidende Szenen sich nicht wie Beifall heischende Duette vor der Souffleurluke abspielen, stattdessen möchte ich den Platz und die Situation bestimmen. Also keine Revolutionen, sondern nur kleine Modifikationen, denn die Bühne zu einem Raum zu machen, dessen vierte Wand fehlt und in dem deshalb ein Teil der Möbel den Zuschauern den Rücken zuwenden, wird sicher bis auf weiteres als störend empfunden werden.

Wenn ich nun noch vom Schminken sprechen möchte, so wage ich gar nicht erst zu hoffen, von den Damen gehört zu werden, die lieber schön als glaubwürdig sein möchten. Aber ein Schauspieler sollte einmal überlegen, ob es für ihn vorteilhaft ist, sich einen abstrakten Charakter ins Gesicht zu schminken, der dann wie eine Maske haften bleibt. Stellen wir uns doch einen Mann vor, der sich mit Schwärze einen äußerst grimmigen Zug zwischen die Augen malt, und der dann – weiterhin grimmig – bei einem Dialog lachen muss. Was für eine schreckliche Grimasse würde das werden? Und wie soll diese falsche Stirn, glatt wie eine Billardkugel, sich runzeln, wenn der Alte wütend wird?

In einem modernen psychologischen Drama, in dem sich die zartesten Bewegungen der Seele eher im Gesicht als durch Gesten und Lärm widerspiegeln sollen, wäre es wohl das Beste, es mit kräftigem Seitenlicht auf einer kleinen Bühne und mit Schauspielern ohne Schminke zu versuchen, oder zumindest nur mit einem Minimum des Letzteren.

Wenn wir dann noch auf das sichtbare Orchester mit seinem störenden Licht und den dem Publikum zugewandten Gesichtern verzichten, wir das Parkett so weit erhöhen, dass die Augen der Zuschauer höher reichen als nur bis zu den Kniekehlen der Schauspieler; die Proszeniumslogen (Bullaugen) mit ihren grinsenden und speisenden Zuschauern abbauen und darüber hinaus den Zuschauerraum während der Vorstellung ganz dunkel halten sowie als allerwichtigstes eine *kleine* Bühne und einen *kleinen* Zuschauerraum haben, dann könnte möglicherweise eine neue Dramatik entstehen und das Theater wieder zu einem Ort des Vergnügens für Gebildete werden. Solange wir auf dieses Theater warten, müssen wir wohl auf Halde schreiben und das Repertoire vorbereiten, das dann kommen soll.

Hier ist ein Versuch! Ist er misslungen, ist noch genügend Zeit, ihn zu verändern!

Fräulein Julie

Ein naturalistisches Trauerspiel

Personen

FRÄULEIN JULIE, 25 Jahre alt
JEAN, Diener, 30 Jahre alt
KRISTIN, Köchin, 35 Jahre alt

Ort der Handlung: Die Küche des Grafen in der Mittsommernacht.

Eine große Küche, deren Decke und Seitenwände von Gardinen und Tüchern verdeckt sind. Die Rückwand zieht sich von links schräg nach innen und oben die Bühne entlang; genauso links zwei Regale mit Kupfer-, Messing-, Gusseisen- und Zinngeräten; die Regale sind mit plissiertem Papier dekoriert; ein Stück weiter rechts Dreiviertel des großen gewölbten Ausgangs mit zwei Glastüren, durch die ein Springbrunnen mit einer Amorette zu sehen ist, blühende Fliederbüsche und aufragende Pappeln.

Links auf der Bühne ein großer Kachelofen mit einem Teil des Rauchfangs. Rechts ragt das eine Ende des Esstischs der Dienerschaft hervor, aus weißem Kiefernholz mit ein paar Stühlen. Der Herd ist mit Birkenzweigen dekoriert, der Boden mit Wacholderzweigen bedeckt. Am Tischende steht ein großer japanischer Gewürztopf mit blühendem Flieder. Ein Eisschrank, eine Spüle, ein Abtropfgestell. Eine große, altmodische Glocke über der Tür, und ein Sprechrohr, das an der linken Seite der Tür herauskommt.

Kristin steht am Herd und brät etwas in einer Bratpfanne, sie trägt ein helles Baumwollkleid und hat eine Küchenschürze umgebunden; Jean kommt herein, in eine Livree gekleidet, er trägt in der Hand schwere Reitstiefel mit Sporen, die er mitten auf den Boden stellt.

JEAN. Heute Abend ist Fräulein Julie wieder verrückt, total verrückt!

KRISTIN. Ach, bist du es?

JEAN. Ich habe den Grafen zum Bahnhof gebracht, und als ich an der Loge vorbeikam, bin ich reingegangen, um zu tanzen. Und da habe ich gesehen, wie das Fräulein den Tanz mit dem Förster angeführt hat. Aber als sie meiner gewahr wurde, ist sie sofort mir in die Arme gelaufen und hat mich aufgefordert, zum Walzer bei der Damenwahl. Und dann hat sie sich vielleicht im Walzer gedreht – so etwas habe ich noch nie erlebt. Sie ist verrückt!

KRISTIN. Das war sie doch schon immer, aber noch nie so schlimm wie in den letzten vierzehn Tagen, seit die Verlobung gelöst wurde.

JEAN. Ja, was ist das eigentlich für eine Geschichte? Das war doch ein netter Kerl, auch wenn er nicht reich war. Ach, was die immer alles so anstellen! *(Setzt sich ans Tischende.)* Merkwürdig ist es jedenfalls, so ein feines Fräulein, hm, das lieber daheim bei den einfachen Leuten bleiben will, nicht wahr? Statt den Vater zu den Verwandten zu begleiten! Und das in der Mittsommernacht!

KRISTIN. Wahrscheinlich ist ihr das nach all der Aufregung mit dem Verlobten etwas peinlich.

JEAN. Bestimmt! Aber jedenfalls hat er seinen Mann gestanden. Weißt du, Kristin, was passiert ist? Ich habe es gesehen, obwohl ich so getan habe, als hätte ich nichts mitgekriegt.

KRISTIN. Nein, wirklich?

JEAN. Ja, habe ich. Die beiden waren eines Abends beim Stall, und das Fräulein dressierte ihn, wie sie es nannte – weißt du, wie das vor sich ging? Sie hat ihn über die Reitgerte springen lassen! Wie einen Hund hat sie ihn springen lassen. Er ist zweimal gesprungen und hat jedesmal einen Hieb gekriegt; aber beim dritten Mal hat er ihr die Reitgerte aus der Hand gerissen, sie in tausend Stücke gebrochen, und dann ist er gegangen.

KRISTIN. Was, ist es wirklich so abgelaufen! Was du nicht sagst!

JEAN. Ja, so war es. – Aber hast du mir jetzt was Leckeres zu bieten, Kristin?

KRISTIN *(füllt aus der Pfanne auf und stellt es Jean hin)*. Ach, das ist nur ein bisschen Niere, die ich aus dem Kalbssteak herausgeschnitten habe!

JEAN *(schnuppert am Essen)*. Schön! Das ist mir ein großes délice! *(Fasst den Teller an.)* Aber den Teller hättest du anwärmen können!

KRISTIN. Also, er ist anspruchsvoller als der Graf selbst, wenn er zu Tische geht … *(Zieht ihn neckend an den Haaren.)*

JEAN. Nein, zieh mir nicht an den Haaren, du weißt, wie empfindlich ich bin!

KRISTIN. Ach, das ist doch nur aus Liebe, das weißt du doch!

(Jean isst. Kristin macht eine Flasche Bier auf.)

JEAN. Bier, am Mittsommerabend; nein, vielen Dank! Da habe ich selbst was Besseres! *(Öffnet eine Tischschublade und holt eine Flasche Rotwein mit gelbem Siegellack hervor.)* Bourgogne, gelb versiegelt, siehst du! – Jetzt gib mir ein Glas! Eins mit Stiel natürlich, wenn man *pur* trinkt!

KRISTIN *(geht zum Herd zurück und stellt einen kleinen Topf aufs Feuer).* Gott bewahre diejenige, die so einen wie den hier zum Mann kriegt! So einen Nörgler!

JEAN. Ach, so ein Quatsch! Du wärst schon froh, wenn du so einen prima Kerl wie mich kriegen könntest; und ich glaube nicht, dass es dir geschadet hat, dass man mich als deinen Verlobten bezeichnet! *(Kostet den Wein.)* Gut! Sehr gut! Nur nicht ganz richtig temperiert! *(Wärmt das Glas in der Hand.)* Den haben wir in Dijon gekauft! Und er kostete vier Franken der Liter, ohne Flasche; und dann kam noch der Zoll dazu! Sag mal, was kochst du da eigentlich, was so infernalisch stinkt?

KRISTIN. Ach, das ist so ein Teufelszeug, das Fräulein Julie für Diana haben will!

JEAN. Du sollst dich gewählt ausdrücken, Kristin! Aber wieso kochst du am Abend vor dem Feiertag was für den Köter? Ist er etwa krank?

KRISTIN. Ja, genau, sie ist krank! Sie hat sich mit dem Mops vom Pförtnerhaus herumgetrieben – und jetzt ist sie trächtig – und stell dir vor, das will das Fräulein absolut nicht!

JEAN. Manchmal ist das Fräulein schrecklich hochmütig,

und in anderen Fällen viel zu wenig stolz, genau wie die Gräfin zu ihren Lebzeiten. Die fühlte sich auch in der Küche und im Stall am wohlsten, wollte aber niemals ein Pferd reiten, sie lief mit schmutzigen Manschetten herum, musste aber unbedingt die Grafenkrone auf den Knöpfen haben. Und das Fräulein, um auch von ihr zu reden, achtet nicht auf sich und ihr Verhalten. Fast könnte man behaupten, dass sie kein feines Benehmen hat. Letztes Mal, als sie in der Loge tanzte, da hat sie den Förster von Annas Seite gezerrt und ihn selbst aufgefordert! So etwas tut man doch nicht, doch so ist es, wenn die Herrschaft sich unters einfache Volk mischt – dann wird sie selbst auch einfach! – Aber stattlich ist sie! Prachtvoll! Oh! Was für Schultern! Und – und so weiter!

KRISTIN. Hör auf, herumzuprahlen! Ich habe gehört, was Klara erzählt hat, die hat ihr beim Anziehen geholfen!

JEAN. Ach, Klara! Ihr seid doch alle nur eifersüchtig aufeinander! Ich dagegen war mit ihr reiten … Und habe sie später auch noch tanzen gesehen!

KRISTIN. Jetzt hör mal, Jean, willst du nicht mit mir tanzen, wenn ich fertig bin …

JEAN. O ja, natürlich will ich das!

KRISTIN. Versprochen?

JEAN. Versprochen? Wenn ich sage, dass ich das tue, dann tue ich es auch! Aber jetzt möchte ich mich erstmal fürs Essen bedanken! Das war wirklich lecker! *(Schlägt den Korken in die Flasche.)*

FRÄULEIN JULIE *(in der Tür, spricht nach draußen).* Ich bin gleich zurück! Macht so lange weiter!

JEAN *(schiebt heimlich die Flasche in die Tischschublade; steht achtungsvoll auf).*

FRÄULEIN JULIE *(drinnen, geht zu Kristin an den Herd).* Nun, bist du so weit?

KRISTIN *(macht Zeichen, dass Jean im Raum ist).*

JEAN *(galant).* Haben die Damen etwa Geheimnisse?

FRÄULEIN JULIE *(schlägt ihm mit dem Taschentuch ins Gesicht)*. Ganz schön neugierig!

JEAN. Ah, das riecht gut nach Veilchen!

FRÄULEIN JULIE *(kokett)*. Unverschämtheit! Kennt er sich auch noch mit Parfüms aus. Tanzen, das kann er gut … nun schnüffel nicht hier herum! Verschwinde!

JEAN *(naseweis, höflich)*. Ist das eine Art Zaubersuppe für die Mittsommernacht, was die Damen da kochen? Etwas, womit man weissagen kann? Die Karten zum Glücksstern legen, durch den man den Zukünftigen sehen kann!

FRÄULEIN JULIE *(scharf)*. Wenn er den sehen will, braucht er aber gute Augen. *(Zu Kristin.)* Mach eine halbe Flasche auf und verkorke sie dann wieder gut.! Jetzt komm und tanze mit mir, Jean …

JEAN *(zögernd)*. Ich möchte ja niemandem gegenüber unhöflich sein, aber diesen Tanz hatte ich Kristin versprochen …

FRÄULEIN JULIE. Na, sie kann doch einen anderen kriegen, nicht wahr, Kristin? Oder willst du mir Jean nicht ausleihen?

KRISTIN. Das liegt nicht an mir, wenn das Fräulein sich herablässt, dann schickt es sich nicht, dass er ablehnt! Geh nur und bedanke dich für die Ehre!

JEAN. Ehrlich gesagt, ohne jemanden verletzen zu möchten, so überlege ich immer noch, ob es gescheit ist, wenn Fräulein Julie zweimal nacheinander mit dem gleichen Kavalier tanzt, besonders da die Leute hier schnell mit Andeutungen bei der Hand sind …

FRÄULEIN JULIE *(fährt auf)*. Was bitte? Was für Andeutungen? Was meint er damit?

JEAN *(resignierend)*. Da das Fräulein nicht verstehen will, muss ich wohl deutlicher werden. Es sieht nicht gut aus, wenn man seinen Untergebenen demjenigen vorzieht, der schon auf die gleiche ungewöhnliche Ehre wartet …

FRÄULEIN JULIE. Vorziehen! Was für Ideen! Ich bin verwundert! Ich, die Herrin des Hauses, beehrt den Volkstanz mit meiner Anwesenheit, und jetzt, wo ich wirklich tanzen will, da will ich auch mit jemandem tanzen, der führen kann, damit ich nicht der Lächerlichkeit preisgegeben werde.

JEAN. Wie das Fräulein befiehlt! Ich stehe zu Diensten!

FRÄULEIN JULIE *(sanft)*. Nun nimm es nicht so auf, als würde ich befehlen! Heute Abend wollen wir doch feiern wie alle fröhlichen Menschen und alle Rangordnungen beiseite lassen! Also, biete mir deinen Arm an! Und keine Sorge, Kristin! Ich werde dir deinen Verlobten nicht wegnehmen!

JEAN *(bietet seinen Arm und führt das Fräulein hinaus)*.

(Pantomime: Wird so gespielt, als ob die Schauspielerin wirklich allein im Raum wäre; sie dreht dem Publikum den Rücken zu, wenn es nötig ist, schaut nicht in den Zuschauerraum, beeilt sich nicht, als hätte sie Angst, dass das Publikum ungeduldig werden könnte. – Kristin allein. Leise Geigenmusik aus der Ferne mit schottischer Weise. – Kristin summt zu der Musik, räumt Jeans Geschirr ab, spült den Teller in der Spüle ab, trocknet ihn ab und stellt ihn in einen Schrank. – Anschließend bindet sie sich die Küchenschürze ab, holt einen kleinen Spiegel aus einer Tischschublade hervor, lehnt ihn gegen den Fliedertopf auf dem Tisch, zündet eine Kerze an und erhitzt daran eine Haarnadel, mit der sie die Haare in der Stirn kräuselt. – Anschließend zur Tür, lauscht dort. Kehrt zum Tisch zurück. Findet das vergessene Taschentuch des Fräuleins, das sie aufnimmt und daran schnuppert; dann faltet sie es auseinander, wie in Gedanken, reckt es, streicht es glatt und faltet es viermal zusammen usw.)

JEAN *(kommt allein herein)*. Ja, aber sie ist *wirklich* verrückt! Einfach so zu tanzen! Und die Leute stehen hinter der Tür und starren sie an und lachen über sie! Was meinst du dazu, Kristin?

KRISTIN. Ach, sie hat doch gerade ihre Tage, und da ist sie

immer etwas merkwürdig. Aber willst du denn jetzt nicht endlich mit mir tanzen?

JEAN. Du bist mir doch nicht böse, weil ich bis jetzt noch nicht gekommen bin?

KRISTIN. Absolut nicht! Doch nicht wegen dieser Kleinigkeit, das weißt du doch, und ich kenne schließlich meinen Platz …

JEAN *(legt ihr die Hand um die Taille)*. Du bist ein vernünftiges Mädchen, Kristin, und du wirst bestimmt eine gute Ehefrau werden …

FRÄULEIN JULIE *(kommt herein, unangenehm überrascht, mit erzwungener Fröhlichkeit)*. Sie sind mir ja ein charmanter Kavalier, der einer Dame davonläuft.

JEAN. Ganz im Gegenteil, Fräulein Julie, wie Sie sehen, habe ich mich beeilt, meine Versetzte wieder aufzusuchen!

FRÄULEIN JULIE *(dreht sich um)*. Wissen Sie, dass Sie tanzen wie kein anderer! Aber warum tragen Sie an einem Feiertagsabend Livree? Ziehen Sie sie sofort aus!

JEAN. Dann müsste ich das Fräulein erst bitten, sich für einen Augenblick zu entfernen, denn meine schwarze Jacke hängt hier … *(Geht nach rechts, macht die entsprechende Handbewegung.)*

FRÄULEIN JULIE. Geniert er sich vor mir? Nur um die Jacke zu wechseln! Dann gehen Sie doch da rein und kommen gleich wieder! Sie können aber auch bleiben, und ich drehe Ihnen den Rücken zu!

JEAN. Mit Ihrer Erlaubnis, mein Fräulein! *(Geht nach rechts; man sieht seinen Arm, als er die Jacke wechselt.)*

FRÄULEIN JULIE *(zu Kristin)*. Hör mal, Kristin; ist Jean dein Verlobter, dass er so intim mit dir ist?

KRISTIN. Mein Verlobter? Nun ja, wenn man so will! Wir nennen es so.

FRÄULEIN JULIE. Nennen es so?

KRISTIN. Also, das Fräulein hat ja selbst einen Verlobten gehabt, und …

FRÄULEIN JULIE. Ja, wir waren aber auch richtig verlobt …

KRISTIN. Und es ist trotzdem nichts draus geworden ...

JEAN *(kommt in Jacke, mit schwarzer Melone herein).*

FRÄULEIN JULIE. Très gentil; monsieur Jean! Très gentil!

JEAN. Vous voulez plaisanter, madame!

FRÄULEIN JULIE. Et vous voulez parler français! Wo haben Sie das gelernt?

JEAN. In der Schweiz, als ich in einem der größten Hotels in Luzern Sommelier war!

FRÄULEIN JULIE. Aber Sie sehen in diesem Sakko ja wie ein Gentleman aus! Charmant! *(Setzt sich an den Tisch.)*

JEAN. Ach, Sie schmeicheln mir!

FRÄULEIN JULIE *(gekränkt).* Ich soll Ihnen schmeicheln?

JEAN. Meine natürliche Scheu verbietet es mir zu glauben, dass Sie so einem wie mir ehrliche Komplimente machen, und deshalb habe ich mir erlaubt anzunehmen, dass Sie übertreiben oder, wie man so sagt, mir schmeicheln!

FRÄULEIN JULIE. Wo haben Sie gelernt, die Worte so zu wählen? Sie müssen oft im Theater gewesen sein?

JEAN. Genau! Ich war an vielen Orten!

FRÄULEIN JULIE. Aber Sie sind hier in der Gegend geboren?

JEAN. Mein Vater war Tagelöhner bei dem Staatsanwalt nebenan, und ich habe das Fräulein schon als Kind gesehen, auch wenn das Fräulein mich nie bemerkt hat!

FRÄULEIN JULIE. Nein, wirklich?

JEAN. O ja, und ich erinnere mich besonders an das eine Mal ... aber das kann ich nicht erzählen ...

FRÄULEIN JULIE. O doch, bitte! Ja? Nur ausnahmsweise!

JEAN. Nein, ich kann es wirklich nicht. Vielleicht ein andermal.

FRÄULEIN JULIE. Ein andermal, das ist nie. Ist es denn so gefährlich?

JEAN. Gefährlich ist es nicht, aber es fällt mir schwer. Sehen Sie doch nur die da! *(Zeigt auf Kristin, die auf einem Stuhl am Ofen eingeschlafen ist.)*

FRÄULEIN JULIE. Das wird bestimmt eine wunderbare Ehefrau! Schnarcht sie vielleicht auch noch?

JEAN. Nein, das nicht, aber sie spricht im Schlaf.

FRÄULEIN JULIE *(zynisch)*. Woher wissen Sie, dass sie im Schlaf redet?

JEAN *(frech)*. Ich habe es gehört!

(Pause, während der sie einander betrachten.)

FRÄULEIN JULIE. Warum setzen Sie sich nicht?

JEAN. Das kann ich mir doch in Ihrer Gegenwart nicht erlauben!

FRÄULEIN JULIE. Und wenn ich es befehle?

JEAN. Dann gehorche ich!

FRÄULEIN JULIE. Setzen Sie sich! Aber halt, warten Sie! Können Sie mir vorher etwas zu trinken geben?

JEAN. Ich weiß nicht, was wir hier in der Eisluke haben. Ich fürchte, nur Bier!

FRÄULEIN JULIE. Das ist doch nicht zu verachten, und ich habe so einen simplen Geschmack, dass ich Bier Wein vorziehe.

JEAN *(holt aus der Eisluke eine Bierflasche, die er öffnet, sucht im Schrank nach einem Glas und einem Untersatz und deckt alles an)*. Bitte schön!

FRÄULEIN JULIE. Vielen Dank! Wollen Sie nichts trinken?

JEAN. Ich bin nicht gerade ein Bierfreund; aber wenn das Fräulein befiehlt!

FRÄULEIN JULIE. Befiehlt? Ich bin der Meinung, dass Sie als höflicher Kavalier einer Dame durchaus Gesellschaft leisten könnten!

JEAN. Das ist sehr richtig bemerkt! *(Öffnet noch eine Flasche, holt sich ein Glas.)*

FRÄULEIN JULIE. Nun trinken Sie auf mein Wohl!

JEAN *(zögernd)*.

FRÄULEIN JULIE. Ich denke fast, dass der alte Kerl schüchtern ist!

JEAN *(auf den Knien, spaßhaft parodistisch, hebt sein Glas)*. Auf das Wohl meiner Herrscherin!

FRÄULEIN JULIE. Bravo! – Und jetzt müssen Sie meine Schuhe noch küssen, dann ist es perfekt!

JEAN *(zunächst zögernd, aber dann energisch ihren Fuß packend, den er leicht küsst).*

FRÄULEIN JULIE. Ausgezeichnet! Sie hätten Schauspieler werden sollen!

JEAN *(steht auf).* Das kann nicht so weitergehen, Fräulein Julie. Es könnte jemand kommen und uns sehen!

FRÄULEIN JULIE. Und was wäre daran so schlimm?

JEAN. Dass die Leute reden! Ganz einfach! Und wenn das Fräulein wüsste, wie emsig die Zungen sich im Augenblick da oben bewegen …

FRÄULEIN JULIE. Was reden sie denn? Erzählen Sie es mir! Nun setzen Sie sich endlich hin!

JEAN *(setzt sich).* Ich möchte Sie nicht verletzen, aber sie benutzen Ausdrücke, die Verdächtigungen einer gewissen Art vermuten lassen … nun ja, das können Sie sich selbst denken! Sie sind ja kein Kind mehr, und wenn man eine Frau allein mit einem Mann trinken sieht – und noch dazu mit einem Untergebenen – des Nachts – dann …

FRÄULEIN JULIE. Was dann? Und außerdem sind wir nicht allein. Kristin ist auch hier!

JEAN. Ja, schlafender Weise!

FRÄULEIN JULIE. Dann wecken wir sie doch! *(Steht auf.)* Kristin! Schläfst du?

KRISTIN *(im Schlaf).* Bla-bla-bla-bla!

FRÄULEIN JULIE. Kristin! – Die kann vielleicht schlafen!

KRISTIN *(im Schlaf).* Die Stiefel des Grafen sind geputzt – Kaffee aufgesetzt – gleich, gleich, gleich – ha ha – pah!

FRÄULEIN JULIE *(zupft sie an der Nase).* Willst du wohl aufwachen!

JEAN *(streng).* Stören Sie die Schlafenden nicht!

FRÄULEIN JULIE *(scharf).* Wie bitte?

JEAN. Wer den ganzen Tag am Herd gestanden hat, darf wohl müde sein, wenn die Nacht kommt! Und den Schlaf soll man respektieren …

FRÄULEIN JULIE *(dreht sich um).* Das ist edel gedacht, das ehrt Sie – danke! *(Reicht Jean die Hand.)* Aber nun kommen Sie mit raus und pflücken Flieder für mich!

JEAN. Mit Ihnen?

FRÄULEIN JULIE. Mit mir!

JEAN. Das geht ganz und gar nicht! Absolut nicht!

FRÄULEIN JULIE. Ich kann Ihre Gedanken nicht nachvollziehen! Könnte es sein, dass Sie sich etwas einbilden?

JEAN. Nein, ich nicht, aber die Leute!

FRÄULEIN JULIE. Wie bitte? Dass ich verliebt in einen Bediensteten sein könnte?

JEAN. Ich bin kein eingebildeter Mann, aber man hat es ja schon mal erlebt – und den Leuten ist nichts heilig!

FRÄULEIN JULIE. Er ist ein Aristokrat, glaube ich!

JEAN. Ja, das bin ich!

FRÄULEIN JULIE. Ich werde herabsteigen …

JEAN. Steigen Sie nicht herab, hören Sie auf meinen Rat! Es gibt niemanden, der glauben wird, dass Sie aus freien Stücken herabsteigen; die Leute werden immer behaupten, dass Sie herabgefallen sind.

FRÄULEIN JULIE. Ich habe eine bessere Meinung von den Leuten als Sie. Versuchen wir es doch einmal! Kommen Sie! *(Sie beäugt ihn aufmerksam.)*

JEAN. Wissen Sie, dass Sie merkwürdig sind?

FRÄULEIN JULIE. Kann schon sein! Aber das sind Sie auch! – Außerdem ist alles merkwürdig! Das Leben, die Menschen, alles ist ein einziger Matsch, der auf dem Wasser immer weiter treibt, bis er versinkt! Ich habe einen Traum, der immer mal wieder kommt und der mir jetzt gerade einfällt. – Ich bin auf einen Pfahl geklettert, sitze oben drauf und sehe keine Möglichkeit, wieder runterzukommen; mir wird schwindlig, als ich nach unten sehe, ich kann mich nicht festhalten, und ich sehne mich danach, hinunterzufallen, aber ich falle nicht, und dennoch kann ich keine Ruhe finden, solange ich nicht hinuntergekommen bin! Keine Ruhe, bevor ich nicht unten angekommen bin, auf dem Boden, und wenn ich auf dem Boden angekommen bin, dann will ich weiter hinunter in die Erde … Haben Sie auch schon mal so ein Gefühl gehabt?

JEAN. Nein! Ich träume häufig, dass ich in einem dunklen Wald unter einem hohen Baum liege. Ich will hinauf, oben in die Spitze, und einen Überblick über die lichte Landschaft kriegen, auf die die Sonne scheint, das Vogelnest dort oben plündern, in dem das Goldei liegt. Und ich klettre und klettre, aber der Stamm ist so dick und so glatt, und es ist noch so weit bis zum ersten Ast. Aber ich weiß, dass ich wie auf einer Leiter bis in die Spitze steigen kann, wenn ich nur den ersten Ast erreicht habe. Bis jetzt habe ich ihn noch nicht erreicht, aber ich werde es, und wenn es nur im Traum sein wird!

FRÄULEIN JULIE. Hier stehe ich und rede mit Ihnen über Träume. Kommen Sie endlich! Hinaus in den Park! *(Sie bietet ihm den Arm, die beiden wollen gehen.)*

JEAN. Wir werden heute Nacht auf neun Mittsommernachtsblumen schlafen, dann werden unsere Träume in Erfüllung gehen, Fräulein Julie! *(Fräulein Julie und Jean drehen sich in der Tür um. Jean hält die Hand vor ein Auge.)*

FRÄULEIN JULIE. Lassen Sie mich sehen, was Sie ins Auge gekriegt haben!

JEAN. Ach, das ist nichts – nur ein bisschen Schmutz – das geht gleich vorbei.

FRÄULEIN JULIE. Das war mein Kleiderärmel, der hat Sie gestreift, setzen Sie sich, damit ich Ihnen helfen kann! *(Fasst ihn am Arm und drückt ihn auf einen Stuhl, packt seinen Kopf und beugt ihn nach hinten, mit der Ecke des Taschentuchs versucht sie den Schmutz herauszuwischen.)* Nun sitzen Sie doch still, ganz still! *(Schlägt ihm auf die Hand.)* So! Wollen Sie wohl gehorchen! – Ich glaube, er zittert sogar, der starke Mann! *(Befühlt seinen Oberarm.)* Und das bei solchen Armen!

JEAN *(warnend)*. Fräulein Julie! *(Kristin ist aufgewacht, geht schlaftrunken nach rechts, um ins Bett zu kommen.)*

FRÄULEIN JULIE. Ja, Moniseur Jean.

JEAN. Attention! Je ne suis qu'un homme!

FRÄULEIN JULIE. Will er wohl still sitzen! – So! Jetzt ist es weg! Küssen Sie mir die Hand und bedanken Sie sich bei mir!

JEAN *(steht auf)*. Fräulein Julie! Hören Sie mich an! – Jetzt, wo Kristin sich hingelegt hat! Wollen Sie mir endlich zuhören!

FRÄULEIN JULIE. Küssen Sie mir erst die Hand!

JEAN. Hören Sie mir zu!

FRÄULEIN JULIE. Küssen Sie erst meine Hand!

JEAN. Ja, aber Sie tragen selbst die Schuld!

FRÄULEIN JULIE. Die Schuld? Woran?

JEAN. Woran? Sind Sie mit fünfundzwanzig Jahren immer noch ein Kind? Wissen Sie nicht, dass es gefährlich ist, mit dem Feuer zu spielen?

FRÄULEIN JULIE. Nicht für mich; ich bin versichert!

JEAN *(scharf)*. Nein, das sind Sie nicht! Und falls Sie es doch sind, so gibt es feuergefährliche Dinge in der Nachbarschaft!

FRÄULEIN JULIE. Und das sollen wohl Sie sein?

JEAN. O ja, nicht, weil ich es bin, sondern weil ich ein junger Mann bin …

FRÄULEIN JULIE. Mit ansprechendem Aussehen – was für eine unglaubliche Einbildungskraft! Vielleicht sogar ein Don Juan! Oder ein Josef! Ich glaube wirklich, er ist ein Josef!

JEAN. Glauben Sie?

FRÄULEIN JULIE. Ich fürchte es fast!

JEAN *(kommt empört herangeeilt und will sie um die Taille packen, um sie zu küssen)*.

FRÄULEIN JULIE *(verpasst ihm eine Ohrfeige)*. Eine Unverschämtheit!

JEAN. Ist das jetzt Ernst oder Spaß?

FRÄULEIN JULIE. Ernst!

JEAN. Dann war es letztens also auch Ernst! Sie spielen viel zu ernsthaft, das ist das Gefährliche! Jetzt bin ich das Spiel leid und möchte mich entschuldigen, damit ich wieder an meine Arbeit gehen kann! Der Graf soll seine Stiefel rechtzeitig kriegen, und Mitternacht ist schon lange vorbei!

FRÄULEIN JULIE. Stellen Sie doch die Stiefel weg!

JEAN. Nein! Das ist meine Aufgabe, die ich erfüllen muss, doch ich habe nie die Absicht gehabt, ein Spielkamerad zu sein, und ich werde es auch nie werden, weil ich mir zu schade dafür bin.

FRÄULEIN JULIE. Sie sind reichlich stolz!

JEAN. In gewissen Fällen, in anderen nicht!

FRÄULEIN JULIE. Haben Sie jemals geliebt?

JEAN. Wir verwenden das Wort nicht, aber ich habe viele Mädchen sehr geschätzt, und einmal bin ich krank geworden, weil ich die nicht kriegen konnte, die ich haben wollte: krank wie die Prinzen in Tausendundeine Nacht! Die vor lauter Liebe nicht essen oder trinken konnten!

FRÄULEIN JULIE. Wer war es?

JEAN *(schweigt)*.

FRÄULEIN JULIE. Wer war es?

JEAN. Sie können mich nicht zwingen, das zu verraten!

FRÄULEIN JULIE. Und wenn ich Sie wie eine Ihresgleichen bitte, wie – ein Freund? Wer war es?

JEAN. Das waren Sie!

FRÄULEIN JULIE *(setzt sich)*. Wie herrlich!

JEAN. Ja, wenn Sie so wollen! Es war lächerlich! – Wissen Sie, das ist die Geschichte, die ich Ihnen nicht erzählen wollte, aber jetzt kann ich sie ja erzählen! – Wissen Sie, wie die Welt von da unten aussieht – nein, das wissen Sie nicht! Wie Adler und Falken, denen man fast nie auf den Rücken gucken kann, weil sie meistens hoch oben schweben! Ich bin mit sieben Geschwistern in der Kätnerhütte aufgewachsen, und mit einem Schwein auf dem grauen Feld, auf dem nicht ein Halm wuchs! Aber vom Fenster aus konnte ich die Parkmauer des Grafen sehen mit dem Apfelbaum dahinter. Das war der Lustgarten des Paradieses, doch davor standen viele böse Engel mit dem Flammenschwert und bewachten ihn. Aber nichtsdestotrotz fanden ich und andere Jungs den Weg zum Lebensbaum – jetzt verachten Sie mich …

FRÄULEIN JULIE. Ach was! Äpfelklauen, das machen doch alle Jungs!

JEAN. Das können Sie jetzt leicht sagen, aber Sie verachten mich trotzdem! Ist ja auch egal! Einmal war ich mit meiner Mutter in dem Lustgarten, um die Zwiebelbeete zu säubern. Neben den Beeten stand ein türkischer Pavillon im Schatten von Jasmin und überwuchert von Geißblatt. Ich wusste nicht, wozu der gut sein sollte, hatte aber noch nie ein so schönes Gebäude gesehen. Leute gingen hinein und kamen wieder heraus, und einmal hatte jemand die Tür offen gelassen. Ich schlich mich hinein und sah, dass die Wände mit Bildern von Kaisern und Königen dekoriert waren, und vor den Fenstern hingen rote Vorhänge mit Fransen dran – jetzt verstehen Sie wohl, was ich meine. Ich *(bricht eine Fliederblüte ab und hält sie dem Fräulein unter die Nase)* – ich war nie vorher im Schloss gewesen, hatte nie etwas anderes als die Kirche gesehen – aber das hier war schöner; und wie meine Gedanken auch schweiften, sie kehrten immer wieder dorthin zurück. Und mit der Zeit entstand die Sehnsucht, einmal die ganzen Freuden dort erleben zu dürfen – enfin, ich schlich hinein, sah und bewunderte. Aber da kam jemand! Es gab dort nur einen Ausgang für die Herrschaften, aber für mich gab es noch einen anderen, und ich hatte keine andere Wahl, als den zu benutzen!

FRÄULEIN JULIE *(die die Fliederblüte genommen hat, lässt sie auf den Tisch fallen).*

JEAN. Hinterher bin ich nur weggerannt, durch eine Holunderhecke geprescht, über ein Erdbeerfeld gelaufen und kam dann auf die Rosenterrasse. Da entdeckte ich ein rosa Kleid und ein Paar weiße Strümpfe – das waren Sie. Ich legte mich unter einen Unkrauthaufen, Sie müssen sich das vorstellen, unter Disteln, die piekten, und feuchte Erde, die stank, und ich beobachtete Sie, wie Sie zwischen den Rosen herumgingen, und ich dachte: Wenn es stimmt, dass ein Dieb in den Himmel zu den Engeln kommen kann, dann ist es doch merkwürdig, dass ein Tagelöhnerkind hier auf Gottes Erde nicht in den Schlosspark kommen und mit der Tochter des Grafen spielen kann!

FRÄULEIN JULIE *(elegisch)*. Glauben Sie, alle armen Kinder hätten die gleichen Gedanken wie Sie in so einem Fall gehabt?

JEAN *(zunächst zögernd, dann überzeugt)*. Ob *alle* armen ... ja ... natürlich! Aber natürlich!

FRÄULEIN JULIE. Es muss ein grenzenloses Unglück sein, so arm zu sein!

JEAN *(mit tiefem Schmerz, sehr bewegt)*. Ach, Fräulein Julie! Ach! Ein Hund darf auf dem Sofa der Gräfin liegen, ein Pferd wird von der Hand eines adligen Fräuleins über die Nüstern gestreichelt, aber ein Junge ... *(dreht sich um)* nun ja, es gibt schon die Grundlage bei dem einen und anderen, dass er sich in der Welt hocharbeitet, aber wie oft kommt das vor! Übrigens – wissen Sie, was ich gemacht habe? Ich bin voll bekleidet in den Mühlbach gesprungen, wurde erwischt und bekam eine Tracht Prügel. Aber am nächsten Sonntag, als Vater und alle anderen im Haus zu meiner Großmutter gefahren sind, da habe ich es so eingerichtet, dass ich zu Hause bleiben konnte. Und dann habe ich mich gründlich mit Seife und warmem Wasser gewaschen, mir die besten Kleider angezogen und bin in die Kirche gegangen, wo ich Sie sehen konnte! Ich habe Sie gesehen und bin mit dem festen Vorsatz zu sterben nach Hause gegangen; aber ich wollte schön und angenehm sterben, ohne Schmerzen. Und da fiel mir ein, dass es gefährlich ist, unter einem Holunderbusch zu schlafen. Wir hatten einen ganz großen, der gerade in Blüte stand. Den schüttelte ich nach Leibeskräften, und damit füllte ich die Haferkiste und legte mich dann hinein. Haben Sie schon einmal bemerkt, wie glatt Hafer ist – weich in der Hand wie Menschenhaut, anschließend machte ich den Deckel zu und schloss die Augen, ich schlief ein und wachte wirklich sehr krank auf. Aber gestorben bin ich nicht, wie Sie sehen. – Was ich wollte – ich weiß es nicht! Sie zu erobern, dafür gab es ja keinerlei Hoffnung – aber Sie waren ein Zeichen dafür, wie hoffnungslos es war, zu glauben, ich könnte den Kreisen entkommen, in die ich geboren worden war.

FRÄULEIN JULIE. Sie erzählen charmant, wissen Sie. Sind Sie in die Schule gegangen?

JEAN. Nicht lange, aber ich habe viele Romane gelesen und bin oft ins Theater gegangen. Außerdem habe ich immer zugehört, wie die feinen Leute reden, und dabei lernt man am meisten!

FRÄULEIN JULIE. Sie stehen dabei und lauschen dem, was wir sagen!

JEAN. Aber natürlich! Und ich habe sehr viel zu hören gekriegt! Wenn ich auf dem Kutschbock saß oder das Boot ruderte! Einmal habe ich zugehört, wie Fräulein Julie und eine Freundin …

FRÄULEIN JULIE. Oho! Was haben Sie da gehört?

JEAN. Nun ja, das ist nicht so leicht zu erzählen, aber auf jeden Fall war ich ein wenig verwundert und habe nicht begriffen, wo Sie alle diese Worte gelernt haben. Vielleicht besteht im Grunde genommen doch nicht so ein großer Unterschied zwischen Mensch und Mensch!

FRÄULEIN JULIE. Ach was! Wir leben jedenfalls nicht wie ihr, wenn wir verlobt sind.

JEAN *(fixiert sie)*. Ob das auch stimmt? Es ist doch nicht nötig, dass das Fräulein so unschuldig tut …

FRÄULEIN JULIE. Es war ein Nichtsnutz, dem ich meine Liebe geschenkt habe!

JEAN. Das behaupten alle – hinterher!

FRÄULEIN JULIE. Alle?

JEAN. Ich glaube schon, da ich diesen Ausdruck bei den entsprechenden Anlässen bereits mehrmals vorher gehört habe.

FRÄULEIN JULIE. Bei was für Anlässen?

JEAN. Die, um die es geht! Das letzte Mal …

FRÄULEIN JULIE *(steht auf)*. Still! Ich will nichts mehr davon hören!

JEAN. Das wollte *sie* auch nicht – merkwürdig! Nun gut, dann bitte ich darum, mich zurückziehen und schlafen gehen zu dürfen!

FRÄULEIN JULIE *(sanft)*. Sich in der Mittsommernacht schlafen legen!

JEAN. O ja! Mit dem Pack da oben zu tanzen, das reizt mich nun wirklich nicht!

FRÄULEIN JULIE. Holen Sie den Schlüssel fürs Boot und rudern Sie mich auf den See hinaus: ich will den Sonnenaufgang sehen!

JEAN. Ob das so eine gute Idee ist?

FRÄULEIN JULIE. Das klingt, als hätten Sie Angst um Ihren Ruf!

JEAN. Wieso nicht? Ich möchte mich nur ungern lächerlich machen, möchte nur ungern ohne Zeugnis aus dem Haus gejagt werden, jetzt, wo ich mich etablieren will, und ich denke schon, dass ich auch Kristin gegenüber meine Verpflichtungen habe.

FRÄULEIN JULIE. Ach, jetzt geht es also um Kristin …

JEAN. Ja, aber doch auch um Sie – Hören Sie auf meinen Rat und legen Sie sich schlafen!

FRÄULEIN JULIE. Ich soll Ihnen gehorchen?

JEAN. Dieses eine Mal; um Ihrer selbst willen! Ich bitte Sie!

Die Nacht ist schon weit vorgeschritten; der Schlaf macht berauscht und der Kopf wird heiß! Gehen Sie ins Bett! Außerdem – wenn ich mich nicht täusche – kommen die Leute her, um mich zu suchen! Und wenn man uns hier findet, dann sind Sie verloren!

DER CHOR *(nähert sich singend).*

Es kamen zwei Frauen aus dem Wald
Tirirallala-ralla tirirallala.
Der einen waren die Füße nass und kalt
Tirirallala-rallalala-la.

Sie sprachen von hundert goldenen Talern fein
Tirirallala-ralla tirirallala.
Doch besaßen sie davon wohl kaum ein'n
Tirirallala-rallala-la.

Und den Kranz, den will ich dir wohl schenken
Tirirallala-ralla tirirallala.
Werde aber dabei an eine andere denken.
Tirirallala-rallala-la.

FRÄULEIN JULIE. Ich kenne die Leute, und ich liebe sie, genau wie sie mich lieben! Lassen Sie sie nur kommen, Sie werden schon sehen!

JEAN. Nein, Fräulein Julie, sie lieben Sie nicht. Sie essen an Ihrem Tisch, aber hinter Ihrem Rücken spotten sie über Sie. Glauben Sie mir! Hören Sie doch, hören Sie doch nur, was sie singen! Nein, hören Sie lieber nicht!

FRÄULEIN JULIE *(fröhlich).* Was singen sie?

JEAN. Das ist ein Spottlied! Über Sie und mich!

FRÄULEIN JULIE. Infam! Oh, Schande! Und so hinterhältig!

JEAN. Das Pack ist immer feige! Und dem Kampf kann man nur ausweichen!

FRÄULEIN JULIE. Ausweichen? Aber wohin denn? Wir kommen doch hier nicht heraus! Und zu Kristin können wir nicht gehen!

JEAN. Stimmt! Dann also zu mir? Die Not kennt keine Gesetze, und auf mich können Sie sich verlassen, glauben Sie mir, ich bin ein echter, aufrichtiger und ehrenvoller Freund!

FRÄULEIN JULIE. Aber bedenken Sie doch – wenn man Sie jetzt gerade dort sucht?

JEAN. Ich werde die Tür verriegeln, und wenn man einbrechen will, dann schieße ich! – Kommen Sie! *(Auf Knien.)* Kommen Sie!

FRÄULEIN JULIE *(mit Nachdruck)*. Versprechen Sie mir ...

JEAN. Ich schwöre!

FRÄULEIN JULIE *(schnell nach rechts ab)*.

JEAN *(eilt hinterher)*.

(Ballett: Bauersleute in Festtagskleidung, mit Blumen an den Hüten; ein Geigenspieler an der Spitze, ein Fass mit Dünnbier und ein Tönnchen Branntwein, beide mit Laub geschmückt, werden auf den Tisch gestellt; Gläser werden herausgeholt. Anschließend wird getrunken. Dann bildet man einen Kreis, fasst sich bei den Händen, und spielt das Tanzspiel: »Zwei Frauen kommen aus dem Wald.« – Anschließend gehen sie singend ab.)

FRÄULEIN JULIE *(allein herein; sieht die Unordnung in der Küche, schlägt die Hände zusammen, dann holt sie einen Puderquast hervor und pudert sich das Gesicht)*.

JEAN *(herein, aufgebracht)*. Da sehen Sie! Und gehört haben Sie es auch! Glauben Sie immer noch, dass es möglich ist, hier zu bleiben?

FRÄULEIN JULIE. Nein! Das glaube ich nicht! Aber was sollen wir dann tun?

JEAN. Fliehen, reisen, weit fort von hier!

FRÄULEIN JULIE. Reisen? Aber wohin?

JEAN. In die Schweiz, an die italienischen Seen – sind Sie denn nie dort gewesen?

FRÄULEIN JULIE. Nein. Ist es schön dort?

JEAN. O ja, ein ewiger Sommer, Orangen, Lorbeer – ach!

FRÄULEIN JULIE. Und was sollen wir dort dann tun?

JEAN. Da mache ich ein Hotel mit erstklassigem Service und erstklassigen Kunden auf.

FRÄULEIN JULIE. Ein Hotel?

JEAN. Das wird ein Leben, das können Sie sich nicht vorstellen; pausenlos neue Gesichter, neue Sprachen, nicht eine Minute bleibt da für Grübeleien oder Nerven; keine Suche nach einer Beschäftigung, da läuft die Arbeit von ganz allein, Tag und Nacht die Glocke, die klingelt, der Zug, der pfeift, die Fahrzeuge, die kommen und gehen; während in einem fort die Goldstücke über den Tresen rollen. Das ist vielleicht ein Leben!

FRÄULEIN JULIE. Ja, das heißt leben! Und wo bleibe ich?

JEAN. Die Herrin des Hauses, der Schmuck des Betriebs. Mit Ihrem Aussehen, und Ihrer Art – oh, das wird von ganz allein ein Erfolg! Und wie! Sie sitzen wie eine Königin hinterm Tresen und setzen die Sklaven in Bewegung, indem Sie einen elektrischen Knopf drücken; die Gäste defilieren vor Ihrem Thron vorbei und legen unterwürfig ihren Zins vor Sie auf den Tisch – Sie glauben ja nicht, wie Leute zittern, wenn sie eine Rechnung in die Hand kriegen – ich werde die Rechnungen salzen, und Sie werden sie mit Ihrem entzückendsten Lächeln versüßen – ach, lassen Sie uns von hier fortgehen … *(holt einen Bahnfahrplan aus der Tasche)* jetzt gleich, mit dem nächsten Zug! – dann sind wir um sechs Uhr dreißig in Malmö, um acht Uhr vierzig morgen früh in Hamburg; Frankfurt–Basel an einem Tag, und nach Como mit der Gotthardbahn, lassen Sie mich sehen, drei Tage! Nur drei Tage!

FRÄULEIN JULIE. Das klingt ja alles schön! Aber Jean – du musst mir Mut geben. Sag mir, dass du mich liebst! Komm, umarme mich!

JEAN *(zögernd)*. Ich will schon – aber ich traue mich nicht. Nicht hier in diesem Haus! Ich liebe Sie – daran besteht kein Zweifel – können Sie etwa daran zweifeln?

FRÄULEIN JULIE *(scheu, wahrhaft weiblich).* Sie! – Sag du! Zwischen uns gibt es keine Schranken mehr! Sag du zu mir!

JEAN *(gequält).* Ich kann nicht! Solange wir in diesem Haus leben, bestehen immer noch Schranken zwischen uns – da gibt es die Vergangenheit, da gibt es den Grafen – und ich habe niemals eine Person getroffen, vor der ich so viel Respekt hatte – ich brauche nur seine Handschuhe auf einem Stuhl liegen sehen, schon fühle ich mich klein – ich brauche nur die Glocke von oben zu hören, so fahre ich wie ein scheues Pferd zusammen – und wenn ich seine Stiefel da stehen sehe, so aufrecht und keck, dann läuft es mir eiskalt den Rücken herunter! *(Versetzt den Stiefeln einen Tritt.)* Aberglaube, Vorurteile, die man uns seit der Kindheit eingetrichtert hat – die man aber ebenso schnell wieder vergessen kann. Man braucht nur in ein anderes Land zu kommen, das eine Republik ist, und da soll man auf meine Portierslivree hereinfallen – o ja, die anderen sollen darauf hereinfallen, aber ich nicht! Ich bin nicht dazu geboren, hereinzufallen, denn es gibt Anlagen in mir, es gibt einen Charakter, und wenn ich nur erst den untersten Zweig zu fassen kriege, dann werdet ihr mich schon klettern sehen! – Heute bin ich noch ein Bediensteter, aber im nächsten Jahr bin ich selbständig, in zehn Jahren bin ich Rentier, und dann fahre ich nach Rumänien, lass mich dort dekorieren und könnte – man beachte die Formulierung *könnte* – als Graf enden!

FRÄULEIN JULIE. Wie schön!

JEAN. Ach, in Rumänien, da kauft man sich die Grafentitel, und dann werden Sie trotzdem noch Gräfin! Meine Gräfin!

FRÄULEIN JULIE. Was kümmert mich das alles, wo ich es doch gerade hinter mir lasse! Sag mir, dass du mich liebst, sonst – ja was wird sonst aus mir?

JEAN. Ich werde es sagen, tausendmal – später – aber nicht

hier! Und an erster Stelle: Keine Gefühle, wenn nicht gleich alles verloren sein soll! Wir müssen die Sache kühl angehen! Wie kluge Menschen! *(Holt eine Zigarre hervor, schnuppert an ihr und zündet sie an.)* Nun setzen Sie sich dort hin, dann setze ich mich hier hin, und dann unterhalten wir uns, als wenn nichts geschehen wäre!

FRÄULEIN JULIE *(verzweifelt)*. O mein Gott! Haben Sie denn gar keine Gefühle?

JEAN. Ich? Es gibt keinen Menschen, der gefühlvoller ist als ich, aber ich beherrsche sie.

FRÄULEIN JULIE. Gerade erst haben Sie meine Schuhe geküsst – und jetzt!

JEAN *(hart)*. Ja, das war vorhin! Jetzt müssen wir an andere Dinge denken!

FRÄULEIN JULIE. Reden Sie nicht so schroff mit mir!

JEAN. Nein, aber vernünftig! Eine Dummheit ist begangen worden, lassen Sie uns nicht noch mehr begehen! Der Graf kann jeden Augenblick zurückkommen, und bis dahin muss unser Schicksal entschieden sein. Was halten Sie von meinen Plänen für die Zukunft? Gefallen sie Ihnen?

FRÄULEIN JULIE. Sie erscheinen mir ganz annehmbar, aber nur eine Frage: Zu einem größeren Unternehmen ist doch viel Kapital nötig – haben Sie das?

JEAN *(kaut auf der Zigarre)*. Ich? Aber natürlich! Ich habe meine Fachkenntnisse, meine unerhörte Erfahrung, meine Sprachkenntnisse! Das ist Kapital, das etwas nützt, denke ich doch!

FRÄULEIN JULIE. Aber davon können Sie nicht einmal eine Bahnkarte kaufen.

JEAN. Das ist wohl wahr; deshalb suche ich ja auch einen Geschäftsmann, der mir etwas vorstrecken kann!

FRÄULEIN JULIE. Wo wollen Sie den denn so schnell finden?

JEAN. Den werden Sie finden, wenn Sie mein Kompagnon werden wollen!

FRÄULEIN JULIE. Das kann ich nicht, und ich selbst besitze nichts. *(Pause.)*

JEAN. Dann scheitert das Ganze ...

FRÄULEIN JULIE. Und ...

JEAN. Es ist, wie es ist!

FRÄULEIN JULIE. Glauben Sie denn, ich bleibe als Kebse unter diesem Dach? Glauben Sie, ich lasse es zu, dass die Leute mit Fingern auf mich zeigen; glauben Sie, ich könnte meinem Vater nach all dem noch in die Augen sehen? Nein! Bringen Sie mich von hier fort; weg von der Erniedrigung und Schande! Was habe ich getan, mein Gott, mein Gott! *(Weint.)*

JEAN. Ach ne, jetzt kommt diese Litanei! Was Sie getan haben? Das Gleiche wie viele schon vor Ihnen!

FRÄULEIN JULIE *(schreit in einem Weinkrampf los)*. Und jetzt verachten Sie mich! – Ich falle, ich falle!

JEAN. Fallen Sie herab zu mir, dann werde ich Sie später wieder erhöhen!

FRÄULEIN JULIE. Welch schreckliche Macht hat mich zu Ihnen gezogen? Die Schwächeren zu den Starken? Die Fallenden zu den Aufsteigenden? Oder war es Liebe? Das soll Liebe gewesen sein? Wissen Sie, was Liebe ist?

JEAN. Ich? O ja, das will ich doch meinen, glauben Sie, ich hätte das nicht schon mal erlebt?

FRÄULEIN JULIE. Wie Sie reden, und was für Gedanken Sie haben!

JEAN. Das habe ich gelernt, und so bin ich nun einmal! Nun sei nicht so nervös und spiele nicht die feine Dame, denn jetzt sind wir ebenbürtig! Nun komm schon, meine Kleine, dann schenk ich dir auch ein Glas ein! *(Öffnet die Tischschublade und holt die Weinflasche hervor; schenkt zwei angestoßene Gläser voll.)*

FRÄULEIN JULIE. Woher haben Sie den Wein?

JEAN. Aus dem Keller!

FRÄULEIN JULIE. Der Burgunder meines Vaters!

JEAN. Ist der für den Schwiegersohn nicht gut genug?

FRÄULEIN JULIE. Und ich trinke Bier! Ich!

JEAN. Was nur beweist, dass Sie einen schlechteren Geschmack haben als ich!

FRÄULEIN JULIE. Dieb!

JEAN. Wollen Sie petzen!

FRÄULEIN JULIE. Oh, oh, Mitwisser eines Diebs! War ich betrunken, bin ich diese Nacht schlafgewandelt? In der Mittsommernacht! Beim Fest der unschuldigen Spiele …

JEAN. Unschuldig, nun ja!

FRÄULEIN JULIE *(geht auf und ab)*. Gibt es in diesem Augenblick einen Menschen auf der ganzen Welt, der genauso unglücklich ist wie ich?

JEAN. Warum sind Sie unglücklich? Nach so einer Eroberung! Denken Sie doch an Kristin da drinnen! Glauben Sie nur nicht, dass sie keine Gefühle hat!

FRÄULEIN JULIE. Ich habe es vorher geglaubt, aber ich glaube es nicht mehr! Nein, Gesinde bleibt Gesinde …

JEAN. Und Hure Hure!

FRÄULEIN JULIE *(kniet mit gefalteten Händen)*. O Gott im Himmel, mache meinem elenden Leben ein Ende! Nimm mich fort aus diesem Schmutz, in den ich gesunken bin! Rette mich! Rette mich!

JEAN. Ich kann nicht leugnen, dass Sie mir Leid tun! Als ich in dem Zwiebelbeet lag und Sie im Rosengarten sah, da … ich will es jetzt zugeben … da hatte ich die gleichen hässlichen Gedanken wie alle Jungs.

FRÄULEIN JULIE. Sie, die Sie doch für mich sterben wollten!

JEAN. In der Haferkiste! Das war doch nur Gerede!

FRÄULEIN JULIE. Also alles nur Lüge!

JEAN *(wird langsam schläfrig)*. So ähnlich! Die Geschichte habe ich bestimmt mal in einer Zeitschrift gelesen, über einen Schornsteinfeger, der sich in eine Holzkiste mit Flieder legte, weil er verklagt worden war, Unterhalt für ein Kind zu zahlen …

FRÄULEIN JULIE. Ach, dann haben Sie also …

JEAN. Was hätte ich denn sagen sollen; nur mit viel Ausschmückungen fängt man doch die Frauen!

FRÄULEIN JULIE. Nichtsnutz!

JEAN. Merde!

FRÄULEIN JULIE. Und jetzt haben Sie also dem Adler auf den Rücken geschaut ...

JEAN. Nicht gerade auf den *Rücken* ...

FRÄULEIN JULIE. Und ich sollte der unterste Ast sein ...

JEAN. Aber der Ast war morsch ...

FRÄULEIN JULIE. Ich sollte das Aushängeschild des Hotels werden ...

JEAN. Und ich das Hotel ...

FRÄULEIN JULIE. Hinter dem Tresen sitzen, Kunden herbeilocken, die Rechnungen fälschen ...

JEAN. Das hätte ich schon selbst gemacht ...

FRÄULEIN JULIE. Dass eine Menschenseele so schmutzig sein kann!

JEAN. Dann waschen Sie sie doch!

FRÄULEIN JULIE. Lakai, Domestik, steh auf, wenn ich mit dir rede!

JEAN. Lakaien-Liebchen, Domestiken-Kebse, halt die Schnauze und hau ab. Du willst kommen und mir vorhalten, dass ich grob wäre? So grob, wie du dich heute Abend aufgeführt hast, so hat sich noch nie eine bei mir verhalten. Glaubst du, ein anderes Mädchen würde einen Mann so wie du anfassen, hast du jemals ein Mädchen aus meiner Schicht einen Mann so herausfordern sehen? Das habe ich bisher nur bei Tieren und gefallenen Frauen erlebt!

FRÄULEIN JULIE *(zerstört)*. Das ist richtig, schlag mich, trample auf mir herum, ich habe es nicht besser verdient! Ich bin ein Nichts, aber hilf mir! Hilf mir hier heraus, wenn es irgendeine Möglichkeit gibt.

JEAN *(sanfter)*. Ich will gar nicht leugnen, dass ich auch meinen Teil dazu beigetragen habe, indem ich Sie verführt habe, aber denken Sie denn, dass eine Person in meiner

Position es auch nur wagen würde, einen Blick auf Sie zu werfen, wenn Sie nicht selbst dazu herausfordern würden? Ich sitze ja selbst hier, ganz verwundert …

FRÄULEIN JULIE. Und stolz …

JEAN. Warum denn nicht? Obwohl ich zugeben muss, dass der Sieg für mich zu einfach war, um mir eigentlich einen Glücksrausch zu verschaffen.

FRÄULEIN JULIE. Schlagt mich nur weiter!

JEAN *(steht auf)*. Nein! Verzeiht mir stattdessen, was ich gesagt habe! Ich schlage keinen Waffenlosen, und schon gar nicht eine Frau. Ich kann nicht leugnen, dass es mich einerseits freut, feststellen zu können, dass es nur Katzengold ist, was uns hier unten blendet, und zu erkennen, dass der Adler auf dem Rücken auch nur grau ist, dass es Puder auf den zarten Wangen war und dass es unter den sorgsam gefeilten Nägeln schwarze Ränder geben kann, dass das Taschentuch schmutzig war, auch wenn es nach Parfüm roch, aber es quält mich andererseits auch, festzustellen, dass die Dinge, die ich angestrebt habe, nicht höher, solider sind, es quält mich, Sie so tief gesunken vor mir zu sehen, dass Sie noch weit unter der Köchin gelandet sind; es quält mich, als würde ich sehen, wie die Herbstblumen vom Regen gepeitscht und in Schmutz verwandelt werden.

FRÄULEIN JULIE. Sie reden, als stünden Sie bereits über mir!

JEAN. Das tue ich ja auch: Sehen Sie, ich hätte Sie in eine Gräfin verwandeln können, aber Sie können mich nie zu einem Grafen machen.

FRÄULEIN JULIE. Aber ich bin in ein Grafengeschlecht geboren worden, und das werden Sie nie können!

JEAN. Das stimmt: aber ich könnte Grafen zeugen, wenn …

FRÄULEIN JULIE. Aber Sie sind ein Dieb, das bin ich nicht.

JEAN. Ein Dieb ist nicht das Schlimmste! Es gibt Schlechteres! Und außerdem: wenn ich in einem Hause diene, dann sehe ich mich in gewisser Weise als Mitglied der

Familie, als Kind im Haus, und es wird doch nicht als Diebstahl angesehen, wenn ein Kind eine Beere von einem vollen Busch zupft! *(Seine Leidenschaft erwacht von neuem.)* Fräulein Julie, Sie sind eine wundervolle Frau, viel zu gut für einen wie mich! Sie sind einem Rausch zum Opfer gefallen und wollen den Fehler vertuschen, indem Sie sich einbilden, mich zu lieben! Aber das tun Sie nicht, wenn auch möglicherweise mein Äußeres Sie lockt – und dann ist Ihre Liebe nicht besser als meine. Aber ich kann mich niemals damit zufrieden geben, bei Ihnen nur das Tier zu sein, und Ihre Liebe werde ich niemals wecken können.

FRÄULEIN JULIE. Sind Sie sich da so sicher?

JEAN. Wollen Sie behaupten, das könnte möglich sein? Dass ich Sie lieben könnte, ja, da gibt es keinen Zweifel, Sie sind schön, Sie sind edel *(rückt näher und nimmt ihre Hand)*, gebildet, liebenswürdig, wenn Sie wollen, und das Feuer eines Mannes, das Sie einmal erfacht haben, wird sicher nie erlöschen. *(Legt ihr den Arm um den Leib.)* Sie sind wie erhitzter Wein mit starken Gewürzen, und ein Kuss von Ihnen … *(Er versucht sie hinauszuschieben, aber sie macht sich vorsichtig los.)*

FRÄULEIN JULIE. Lassen Sie mich! Auf diese Weise werden Sie mich nie gewinnen!

JEAN. *Wie* dann? Nicht auf diese Weise! Keine Zärtlichkeiten und schöne Worte, keine Überlegungen hinsichtlich Zukunft, Rettung aus der Erniedrigung! *Wie* dann?

FRÄULEIN JULIE. Wie? Wie? Ob ich es nicht wüsste? Überhaupt nicht! Ich verabscheue Sie, wie ich Ratten verabscheue, aber ich kann Ihnen nicht entfliehen!

JEAN. Dann fliehen Sie mit mir!

FRÄULEIN JULIE *(streckt sich)*. Fliehen? O ja, wir werden fliehen! Aber ich bin so müde! Geben Sie mir ein Glas Wein!

JEAN *(schenkt Wein ein)*.

FRÄULEIN JULIE *(schaut auf ihre Uhr)*. Aber vorher müssen wir miteinander reden, wir haben noch ein wenig Zeit. *(Trinkt ihr Glas aus, streckt es vor, um mehr zu bekommen.)*

JEAN. Trinken Sie nicht so schnell, Sie werden noch betrunken!

FRÄULEIN JULIE. Na und, was würde das schon ausmachen?

JEAN. Was das ausmachen würde? Es ist so ordinär, sich zu betrinken! – Nun, was wollten Sie mir sagen?

FRÄULEIN JULIE. Wir werden fliehen! Aber vorher müssen wir noch ein bisschen miteinander reden, das heißt, ich will reden, denn bis jetzt haben nur Sie geredet. Sie haben mir von Ihrem Leben berichtet, jetzt will ich von meinem erzählen, damit wir uns bis auf den Grund kennen, bevor wir zur gemeinsamen Wanderung aufbrechen.

JEAN. Einen Augenblick! Entschuldigung! Denken Sie gut darüber nach, ob Sie das nicht vielleicht hinterher bereuen werden, bevor Sie mir die Geheimnisse Ihres Lebens verraten!

FRÄULEIN JULIE. Sind Sie denn nicht mein Freund?

JEAN. Doch, das schon. Aber verlassen Sie sich nicht auf mich.

FRÄULEIN JULIE. Ach, das sagen Sie nur so – und außerdem: Meine Geheimnisse kennt sowieso jeder. Wissen Sie, meine Mutter ist nichtadliger Abstammung, aus ganz einfachem Haus. Sie wurde nach den damaligen Lehren der Gleichheit erzogen, der Freiheit der Frau und all dem anderen; und sie hatte eine starke Abneigung gegen die Ehe. Als dann mein Vater um sie warb, erklärte sie ihm, dass sie niemals seine Ehefrau werden würde, er aber ihr Geliebter werden könnte. Er erklärte ihr darauf, dass er keine Lust hätte, die Frau, die er liebte, als weniger geachtet zu erleben als er selbst. Aber auf ihre Entgegnung, dass die Achtung der Welt sie überhaupt nicht interessiere, und unter dem Einfluss seiner Leidenschaft, akzeptierte er ihre Bedingungen. –

Aber damit war er von seinen Kreisen ausgeschlossen und nur auf sein häusliches Leben zurückgeworfen, das ihn jedoch nicht zufrieden stellen konnte. Ich kam zur Welt – gegen den Wunsch meiner Mutter, wie ich es verstanden habe. Nun wurde ich von meiner Mutter zu einem Naturkind erzogen und musste darüber hinaus alles lernen, was ein Junge lernte, damit ich ein Beispiel dafür werden würde, dass eine Frau genauso viel taugt wie ein Mann. Ich musste in Jungskleidung herumlaufen, lernen, mich um die Pferde zu kümmern, durfte aber nicht in den Kuhstall gehen, ich musste striegeln und satteln, lernte das Feld zu bestellen und auf die Jagd zu gehen, sogar zu schlachten – das war eklig! Und auf dem Hof wurde den Männern Frauenarbeiten zugewiesen und den Frauen Männertätigkeiten – mit dem Ergebnis, dass der Besitz kurz davor war unterzugehen und wir zum Gespött der Gegend wurden. Schließlich ist mein Vater offenbar aus seiner Verzauberung aufgewacht und hat aufbegehrt, sodass alles nach seinen Wünschen verändert wurde. Danach sprachen meine Eltern nicht mehr miteinander. Meine Mutter wurde krank – was für eine Krankheit das war, weiß ich nicht –, aber sie hatte häufig Krämpfe, versteckte sich auf dem Dachboden und im Garten und konnte die ganze Nacht wegbleiben. Dann brach das große Feuer aus, von dem Sie ja auch wissen. Das Haus, der Stall und die Scheune brannten ab, und zwar unter ganz merkwürdigen Umständen, die auf Brandstiftung schließen ließen, obwohl das Unglück einen Tag nach Ablauf der Zahlungsfrist der Versicherung geschah, und die Prämie, die mein Vater zahlen musste, war durch Nachlässigkeit des Boten verspätet, sodass sie nicht rechtzeitig ankam. *(Sie füllt ihr Glas und trinkt.)*

JEAN. Trinken Sie nicht mehr!

FRÄULEIN JULIE. Ach, das ist doch auch egal! – Wir standen mit bloßen Händen da und mussten in den Wagen schlafen. Mein Vater wusste nicht, woher er das Geld für den Wiederaufbau des Hauses nehmen sollte, denn seine alten Freunde hatte er lange Zeit vernachlässigt, sodass sie ihn vergessen hatten. Da gab ihm Mutter den Rat, einen Kredit bei einem Jugendfreund von ihr aufzunehmen, einem Ziegeleibesitzer hier in der Nähe. Vater bekam das Geld, musste aber keine Zinsen bezahlen, was ihn wunderte. Und so wurde das Gut wieder aufgebaut! *(Trinkt erneut.)* – Wissen Sie, wer den Hof angesteckt hat?

JEAN. Ihre Frau Mutter!

FRÄULEIN JULIE. Wissen Sie, wer der Ziegeleibesitzer war?

JEAN. Der Geliebte Ihrer Mutter?

FRÄULEIN JULIE. Wissen Sie, wessen Geld das war?

JEAN. Warten Sie – nein, das weiß ich nicht.

FRÄULEIN JULIE. Das meiner Mutter!

JEAN. Also das des Grafs, wenn es keinen Ehevertrag gab?

FRÄULEIN JULIE. Es gab keinen Ehevertrag! – Meine Mutter besaß ein kleines Vermögen, das sie nicht unter die Verwaltung meines Vaters stellen wollte, und deshalb hat sie es – einem Freund überlassen.

JEAN. Der es sich gegriffen hat!

FRÄULEIN JULIE. Ganz genau! Er hat es einfach behalten! – Das alles erfährt mein Vater, aber er kann keine Anzeige erstatten, kann nicht den Geliebten seiner Ehefrau bezahlen, kann nicht beweisen, dass es das Geld seiner Frau ist! – Damals hätte er sich fast erschossen! Es lief das Gerücht, dass er es versucht hat, es aber nicht schaffte! Aber er lebt auf, und meine Mutter muss für ihre Taten büßen! Das war fünf Jahre vor mir geschehen, müssen Sie wissen! Ich habe meinen Vater geliebt, aber ich habe für meine Mutter Partei ergriffen, da ich ja die Hintergründe gar nicht kannte. Von ihr habe ich den Hass auf die Männer gelernt – denn nach allem, was Sie gehört haben, ist es wohl deutlich, dass sie die Männer hasste – und ich habe ihr geschworen, dass ich niemals die Sklavin eines Mannes werden würde.

JEAN. Und dann haben Sie sich mit dem Polizeidirektor verlobt!

FRÄULEIN JULIE. Ja, und zwar gerade deshalb, weil er mein Sklave werden sollte!

JEAN. Und das wollte er nicht?

FRÄULEIN JULIE. Er wollte schon, aber er durfte nicht! Ich wurde seiner so müde!

JEAN. Ich habe es gesehen – vorm Stall ...

FRÄULEIN JULIE. Was haben Sie gesehen?

JEAN. Ich habe es gesehen. – Wie er die Verlobung gelöst hat!

FRÄULEIN JULIE. Das ist gelogen! Ich war es, ich habe die Verlobung gelöst! Hat er das behauptet, dieser Taugenichts, dass er es war?

JEAN. Er war ja wohl alles andere als ein Taugenichts! Und Sie hassen die Männer, Fräulein Julie?

FRÄULEIN JULIE. Ja! ... Meistens! Aber ab und zu ... wenn mich die Schwäche überfällt ... o verdammt!

JEAN. Hassen Sie mich auch?

FRÄULEIN JULIE. Grenzenlos! Ich würde Sie am liebsten wie ein Tier sterben lassen ...

JEAN. »Der wegen Unzucht Verurteilte wird zu zwei Jahren Strafarbeit verurteilt, das betreffende Tier getötet!« Ungefähr so?

FRÄULEIN JULIE. Ja, genau so!

JEAN. Aber nun gibt es keinen Ankläger – und auch kein Tier! Was machen wir nun?

FRÄULEIN JULIE. Wegfahren!

JEAN. Um uns gegenseitig das Leben zur Hölle zu machen?

FRÄULEIN JULIE. Nein! Um zu genießen, zwei Tage, acht Tage, solange man es genießen kann, und dann – sterben.

JEAN. Sterben? Wie dumm! Da fände ich es doch besser, ein Hotel aufzumachen!

FRÄULEIN JULIE *(ohne Jean zuzuhören)*. ... am Comer See, wo die Sonne immer scheint, wo die Lorbeerbäume zu Weihnachten grünen und die Orangen glühen ...

JEAN. Der Comer See ist ein Regenloch, und Orangen habe ich dort nur beim Obsthändler gesehen, aber es ist ein guter Touristenort, an dem es viele Villen gibt, die von Liebespaaren gemietet werden, und das ist eine äußerst lukrative Angelegenheit – wissen Sie, warum? Nun ja, die unterschreiben einen Mietvertrag für ein halbes Jahr – und dann reisen sie nach drei Wochen ab!

FRÄULEIN JULIE *(naiv)*. Wieso schon nach drei Wochen?

JEAN. Na, die streiten sich natürlich, aber die Miete muss trotzdem voll bezahlt werden! Und dann vermietet man das Haus wieder! Und so geht es immer weiter! Denn die Liebe findet sich immer – auch wenn sie nicht so schrecklich lange anhält!

FRÄULEIN JULIE. Sie wollen nicht mit mir sterben?

JEAN. Ich will überhaupt nicht sterben! Zum einen, weil ich gern lebe, und zum anderen, weil ich Selbstmord als ein Verbrechen gegen die Vorsehung ansehe, die uns das Leben geschenkt hat.

FRÄULEIN JULIE. Sie glauben an Gott, *Sie*?

JEAN. Ja, natürlich! Und ich gehe jeden Sonntag in die Kirche! Ehrlich gesagt, jetzt bin ich das Ganze hier langsam leid, jetzt werde ich mich schlafen legen!

FRÄULEIN JULIE. Ach, und Sie glauben, ich gebe mich damit zufrieden? Wissen Sie, was ein Mann einer Frau schuldig ist, über die er Schande gebracht hat?

JEAN *(holt sein Portemonnaie heraus und wirft daraus eine Silbermünze auf den Tisch)*. Bitte schön! Ich will Ihnen nichts schuldig bleiben!

FRÄULEIN JULIE *(ohne sich die Beleidigung anmerken zu lassen)*. Wissen Sie, was das Gesetz fordert …

JEAN. Leider fordert das Gesetz keine Strafe für die Frau, die einen Mann verführt!

FRÄULEIN JULIE. Sehen Sie einen anderen Ausweg, als dass wir wegfahren, heiraten und uns scheiden lassen?

JEAN. Und wenn ich mich weigere, diese Mesalliance einzugehen?

FRÄULEIN JULIE. Eine Mesalliance ...

JEAN. Ja, und zwar von meiner Seite aus. Sehen Sie: Schließlich habe ich edlere Vorfahren als Sie, denn ich habe keinen Brandstifter in meiner Familie!

FRÄULEIN JULIE. Können Sie das so genau wissen?

JEAN. Sie können jedenfalls nicht das Gegenteil behaupten. Denn wir führen keinen Stammbaum – es sei denn, bei der Polizei! Aber Ihren Stammbaum, den habe ich im Adelskalender studiert. Wissen Sie, wer Ihr Stammvater ist? Das war ein Müller, bei dessen Ehefrau der König eine Nacht während des dänischen Kriegs übernachtet hat. Solche Ahnen habe ich nicht! Ich habe überhaupt keine Ahnen, aber ich kann selbst ein Ahnherr werden!

FRÄULEIN JULIE. Das habe ich nun davon, dass ich mein Herz einem Unwürdigen geöffnet habe, dass ich die Ehre meiner Familie preisgegeben habe ...

JEAN. Die Ehre? Die Schande! – Sehen Sie, habe ich es doch gesagt! Man sollte nicht so viel trinken, dann verplaudert man sich nur. Und man *darf* sich nicht verplaudern!

FRÄULEIN JULIE. Ach, wie ich es bereue! Wie sehr ich es doch bereue! – Wenn Sie mich noch wenigstens lieben würden!

JEAN. Zum letzten Mal – was wollen Sie? Soll ich weinen, soll ich über eine Reitgerte springen, soll ich Sie küssen, Sie zu drei Wochen am Comer See überreden und dann ... was soll ich machen, was wollen Sie? Das wird langsam peinlich! Aber das kommt dabei heraus, wenn man seine Nase in Weiberaffären steckt! Fräulein Julie! Ich sehe, dass Sie unglücklich sind, ich weiß, dass Sie leiden, aber ich kann es nicht verstehen. Bei uns gibt es solch Getue nicht; zwischen uns kommt kein Hass auf! Wir lieben spielerisch, wenn die Arbeit uns Zeit dafür lässt, aber wir haben nicht den ganzen Tag und die ganze Nacht dafür Zeit! Ich gehe davon aus, dass Sie krank sind, und Ihre Mutter war bestimmt verrückt, es gibt ja ganze Gemeinden, die vor lauter Fanatismus verrückt werden, und das hier ist eine Art Fanatismus, der gerade grassiert!

FRÄULEIN JULIE. Sie wollten gut zu mir sein, also reden Sie endlich wie ein Mensch mit mir!

JEAN. Aber seien Sie doch selbst lieber auch nur ein Mensch! Sie verspotten mich und erlauben mir nicht, dass ich mich wehre – gegen Sie!

FRÄULEIN JULIE. Hilfe, Hilfe, sagen Sie mir doch nur, was ich tun soll! Wohin soll ich mich wenden?

JEAN. In Jesu Namen, wenn ich das selbst wüsste!

FRÄULEIN JULIE. Ich bin rasend wütend gewesen, ich war verrückt, aber nirgends finde ich Rettung!

JEAN. Bleiben Sie hier und beruhigen Sie sich! Niemand weiß etwas.

FRÄULEIN JULIE. Unmöglich! Die Leute wissen es, und Kristin weiß es auch!

JEAN. Nein, die wissen nichts, und die könnten sich niemals so etwas vorstellen!

FRÄULEIN JULIE *(zögernd)*. Aber – es könnte wieder passieren.

JEAN. Das stimmt!

FRÄULEIN JULIE. Und die Folgen?

JEAN *(erschrocken)*. Die Folgen! – Wo hatte ich meine Gedanken, dass ich nicht daran gedacht habe? Ja, da gibt es nur eins – weg von hier! Und zwar sofort! Ich begleite Sie nicht, denn dann wäre alles verloren, Sie müssen allein fahren – weg – wohin auch immer!

FRÄULEIN JULIE. Allein? Wohin denn? – Nein, das kann ich nicht!

JEAN. Sie müssen! Und zwar noch, bevor der Graf zurück ist! Wir wissen doch beide, wie es laufen wird, wenn Sie bleiben. Hat man erst einmal gefehlt, dann will man weitermachen, da der Schaden ja doch schon passiert ist – und dann wird es nur immer schlimmer – und zum Schluss kommt alles heraus! Also fort von hier! Und später schreiben Sie dem Grafen und beichten alles, nur nicht, dass ich es war! Und das wird er nie erraten können, und ich glaube, er will es auch gar nicht wissen!

FRÄULEIN JULIE. Ich werde weggehen, wenn Sie mich begleiten!

JEAN. Sind Sie wahnsinnig? Fräulein Julie will mit ihrem Diener abhauen! Das würde übermorgen in den Zeitungen stehen, und das würde der Graf nie überleben!

FRÄULEIN JULIE. Ich kann nicht fahren! Ich kann nicht bleiben! Helfen Sie mir! Ich bin so müde, so grenzenlos müde! Befehlen Sie mir! Setzen Sie mich in Bewegung, denn ich kann nicht mehr denken, nicht mehr handeln!

JEAN. Sehen Sie jetzt, wie dumm Sie sind? Warum plustern Sie sich so auf, tragen die Nase hoch, als wären Sie Herrscherin der Schöpfung? Nun gut, ich werde Ihnen befehlen! Gehen Sie nach oben und ziehen Sie sich an, holen Sie Geld für die Reise und kommen dann wieder herunter.

FRÄULEIN JULIE *(halblaut)*. Kommen Sie mit hoch!

JEAN. In Ihr Zimmer? Jetzt sind Sie wieder wahnsinnig! *(Zögert einen Moment lang.)* Nein! Gehen Sie! Sofort! *(Nimmt ihre Hand und führt sie hinaus.)*

FRÄULEIN JULIE *(während sie geht)*. Reden Sie doch freundlicher mit mir, Jean!

JEAN. Ein Befehl klingt immer unfreundlich, merken Sie sich das!

JEAN *(allein, stößt einen Seufzer der Erleichterung aus, setzt sich an den Tisch, holt das Haushaltsbuch und einen Stift hervor, rechnet teilweise laut, stummes Mienenspiel, bis Kristin in der Kleidung für den Kirchgang hereinkommt, mit einem Kragen und einem weißen Halstuch in der Hand)*.

KRISTIN. Mein Gott, wie sieht es denn hier aus! Was habt ihr denn hier angestellt?

JEAN. Ach, das war das Fräulein, sie hat die Leute hereingelassen. Hast du so tief geschlafen, dass du nichts gehört hast?

KRISTIN. Ich habe wie ein Stein geschlafen!

JEAN. Und schon für die Kirche bereit?

KRISTIN. O ja! Du wolltest mich doch heute zur Beichte begleiten!

JEAN. Das stimmt wohl. Und da hast du auch meine Kleider! Dann komm also! *(Setzt sich, Kristin zieht ihm den Kragen über und knüpft das Halstuch.)*

(Pause.)

JEAN *(schläfrig)*. Wie lautet die Losung heute?

KRISTIN. Ich nehme an, dass es darum geht, wie Johannes der Täufer geköpft wurde.

JEAN. Das dauerte bestimmt schrecklich lange! Au, du erwürgst mich! Ach, ich bin so schrecklich müde!

KRISTIN. Ja, wenn du die ganze Nacht aufgewesen bist, du bist ja ganz grün im Gesicht?

JEAN. Ich habe hier gesessen und mich mit Fräulein Julie unterhalten.

KRISTIN. Aber das schickt sich doch nicht!

(Pause.)

JEAN. Hör mal, Kristin!

KRISTIN. Also, wenn man genauer drüber nachdenkt, ist es schon merkwürdig! Diese Person!

JEAN. Was ist so merkwürdig?

KRISTIN. Eigentlich alles.

(Pause.)

KRISTIN *(entdeckt die Gläser, die halbleer auf dem Tisch stehen)*. Habt ihr etwa zusammen getrunken?

JEAN. Ja!

KRISTIN. Pfui! Guck mir in die Augen!

JEAN. Ja!

KRISTIN. Ist es möglich? Ist es wirklich möglich?

JEAN *(nach einigem Nachdenken)*. Ja, es ist möglich.

KRISTIN. Oje! Das hätte ich nie gedacht! O pfui, pfui, pfui!

JEAN. Du bist doch wohl nicht eifersüchtig auf sie?

KRISTIN. Nicht auf sie! Wenn es nun Klara oder Sofi gewesen wäre, dann hätte ich dir die Augen ausgekratzt! – Ja, so ist es nun einmal, warum, das weiß ich nicht! – Nein, das ist zu abscheulich.

JEAN. Bist du böse auf sie?

KRISTIN. Nein, aber auf dich! Das war keine Heldentat, absolut nicht! Das arme Mädchen! – Nein, wirklich, in so einem Haus will ich nicht länger bleiben, in dem man vor seiner Herrschaft nicht einmal Respekt haben kann.

JEAN. Warum soll man denn Respekt vor ihnen haben?

KRISTIN. Ach, das fragst du, der du ja so bauernschlau bist! Du willst doch dein Geld wohl auch nicht bei Leuten verdienen, die sich unanständig aufführen? Ich finde, damit bringt man Schande über sich selbst.

JEAN. Ja, aber ist es denn nicht ein Trost für uns, dass die anderen keinen Deut besser sind als wir?

KRISTIN. Nein, das finde ich ganz und gar nicht, denn wenn sie nicht besser sind, dann gibt es doch kein Ziel, das man anstreben kann, um besser zu werden. – Und dann denke nur an den Grafen! Der schon so viele Sorgen hat tragen müssen! Mein Gott! Nein, in diesem Haus will ich nicht länger bleiben! – Und dann noch mit einem wie dir! Wenn es der Polizeidirektor gewesen wäre, wenn es ein feinerer Kerl gewesen wäre …

JEAN. Wie bitte?

KRISTIN. Ja, ja, du bist schon in Ordnung, aber es gibt immer noch einen Unterschied zwischen Mensch und Tier. – Nein, das mit dem Fräulein werde ich nie vergessen können. Das Fräulein, das so stolz war, so schroff Männern gegenüber, dass man sich überhaupt nicht vorstellen konnte, sie würde jemals klein beigeben und sich fügen, und dann noch so einem! Die fast ihre Hündin hat erschießen lassen, weil sie hinter dem Mops aus dem Pförtnerhaus hergelaufen ist! – Ja, wirklich! – Hier will ich nicht mehr bleiben, zum vierundzwanzigsten Oktober werde ich gehen.

JEAN. Und dann?

KRISTIN. Ja, wenn wir schon dabei sind, dann wäre es wohl an der Zeit, dass du dich nach etwas umschaust, wo wir ja doch heiraten werden.

JEAN. Wonach soll ich mich denn umschauen? So eine Stelle wie hier werde ich als verheirateter Mann nie wieder finden.

KRISTIN. Das ist ja wohl klar. Aber du kannst dir doch einen Pförtnerposten beschaffen oder als Hausmeister in einem Betrieb arbeiten. Der Kuchen des Königs ist zwar knapp, aber er ist sicher, und Ehefrau und Kinder bekommen eine Rente …

JEAN *(verzieht das Gesicht)*. Das ist bestimmt nicht schlecht, aber es liegt mir nicht so recht. Und schon gleich daran zu denken, für Frau und Kinder zu sterben. Ich muss zugeben, dass ich wirklich etwas andere Absichten habe!

KRISTIN. Seine Absichten, o ja! Aber du hast auch eine Verantwortung! Vergiss die nicht!

JEAN. Du brauchst gar nicht anfangen, von Verantwortung zu reden, ich weiß selbst genau, was ich zu tun habe! *(Horcht nach hinten.)* Später haben wir sicher noch genug Zeit, darüber nachzudenken. Jetzt mach dich fertig, damit wir in die Kirche gehen können!

KRISTIN. Wer läuft da oben hin und her?

JEAN. Ich weiß es nicht, vielleicht ist es ja Klara!

KRISTIN. Das kann doch wohl nicht der Graf sein, der ist doch nicht nach Hause gekommen, ohne dass ihn jemand gehört hat!

JEAN *(ängstlich)*. Der Graf? Nein, das glaube ich nicht, dann hätte er doch schon geläutet!

KRISTIN *(geht)*. Ja, Gott stehe uns bei! So etwas habe ich noch nie erlebt!

(Die Sonne ist aufgegangen und scheint auf die Baumspitzen im Park; ihr Licht wandert langsam, bis es schräg durch die Fenster hereinfällt.)

JEAN *(geht zur Tür und macht ein Zeichen)*.

FRÄULEIN JULIE *(in Reisekleidung, mit einem kleinen Vogel-*

käfig, der von einem Handtuch verdeckt wird und den sie auf einen Stuhl stellt). Jetzt bin ich fertig!

JEAN. Pst! Kristin ist aufgewacht!

FRÄULEIN JULIE *(im Folgenden äußerst nervös).* Hat sie Verdacht geschöpft?

JEAN. Sie weiß gar nichts! Aber mein Gott, wie sehen Sie denn aus!

FRÄULEIN JULIE. Wieso? Wie sehe ich aus?

JEAN. Sie sind blass wie eine Leiche und – verzeihen Sie, aber Sie sind ganz dreckig im Gesicht.

FRÄULEIN JULIE. Dann wasche ich mich eben! *(Sie geht zum Becken und wäscht sich Gesicht und Hände.)* So! Geben Sie mir ein Handtuch! Ach, die Sonne geht auf!

JEAN. Und da platzt der Troll!

FRÄULEIN JULIE. Ja, es war der Troll, der in der Nacht los war. – Aber Jean, hören Sie, kommen Sie mit mir, ich habe die Mittel dafür!

JEAN *(zögernd).* Genügend?

FRÄULEIN JULIE. Genügend für den Anfang! Begleiten Sie mich, denn ich kann doch an einem Tag wie heute nicht allein abfahren. Stellen Sie sich doch nur vor, am Mittsommertag in einem verqualmten Zug, eingezwängt zwischen Unmengen von Leuten, die einen anstarren, auf den Bahnhöfen still stehen müssen, wenn man am liebsten fliegen würde – nein, ich kann nicht, ich kann es nicht! Und dann kommen die Erinnerungen, die Kindheitserinnerungen an Mittsommertage mit der geschmückten Kirche – mit Birkenlaub und Flieder; das Essen am gedeckten Tisch, mit den Verwandten, den Freunden; der Nachmittag im Park, Tanz, Musik, Blumen und Spiele! Ach, auch wenn man immer weiter flieht, folgen einem die Erinnerungen doch im Gepäckwagen, zusammen mit der Reue und den Gewissensbissen!

JEAN. Ich komme mit! Aber dann sofort, bevor es zu spät ist! Jetzt gleich!

FRÄULEIN JULIE. Dann ziehen Sie sich doch an! *(Ergreift den Vogelkäfig.)*

JEAN. Aber ohne Gepäck! Sonst werden wir sofort entlarvt!

FRÄULEIN JULIE. Nein, natürlich nicht! Nur das, was man mit ins Abteil nehmen kann.

JEAN *(hat sich den Hut aufgesetzt)*. Was haben Sie denn da? Was ist das?

FRÄULEIN JULIE. Das ist nur mein Zeisig! Den will ich nicht zurücklassen!

JEAN. Was soll das denn? Sollen wir etwa einen Vogelkäfig mitschleppen? Sie sind ja verrückt. Lassen Sie den Käfig stehen!

FRÄULEIN JULIE. Das ist das Einzige, was ich aus meinem Elternhaus mitnehme, das einzige Lebewesen, das mich schätzt, seit Diana mir untreu geworden ist! Seien Sie nicht so herzlos! Lassen Sie mich den Vogel behalten!

JEAN. Lassen Sie den Käfig stehen, habe ich gesagt – und reden Sie nicht so laut, Kristin könnte uns hören!

FRÄULEIN JULIE. Nein, ich überlasse ihn nicht fremden Händen! Dann soll er lieber sterben!

JEAN. Dann her mit dem Federvieh, ich werde ihm das Genick brechen!

FRÄULEIN JULIE. Aber tun Sie ihm nicht weh! Nein ... ich kann es nicht!

JEAN. Her damit, ich kann es!

FRÄULEIN JULIE *(holt den Vogel aus dem Bauer und gibt ihm einen Kuss)*. Ach, meine süße kleine *Serine*, sollst du jetzt von deiner Herrin gehen?

JEAN. Ich bitte Sie, machen Sie keine Szene, schließlich geht es um Ihr eigenes Leben, Ihr Wohl und Wehe! Also, schnell jetzt! *(Entreißt ihr den Vogel, trägt ihn zum Hauklotz und ergreift das Küchenbeil.)*

FRÄULEIN JULIE *(wendet sich ab)*.

JEAN. Sie hätten lieber lernen sollen, wie man Küken schlachtet, statt mit dem Revolver zu schießen *(haut zu)*, dann würden Sie nicht beim ersten Blutstropfen in Ohnmacht fallen!

FRÄULEIN JULIE *(schreit)*. Töten Sie mich auch! Bringen Sie mich doch auch um! Wenn Sie ein unschuldiges Tier schlachten können, ohne dass Ihnen die Hand zittert. Oh, ich hasse und verabscheue Sie; Blut steht zwischen uns! Ich verfluche den Augenblick, als ich Sie das erste Mal sah, ich verfluche den Augenblick, als ich aus dem Körper meiner Mutter geboren wurde!

JEAN. Ach, das Fluchen nützt doch gar nichts! Los! Fort!

FRÄULEIN JULIE *(nähert sich dem Hauklotz, als würde sie gegen ihren eigenen Willen von ihm angezogen)*. Nein, ich will noch nicht gehen, ich kann es nicht ... ich muss erst sehen ... leise! Draußen fährt ein Wagen ... *(Lauscht nach draußen, während sie dabei ihren Blick nicht von dem Klotz und dem Beil abwendet.)* Glauben Sie nur nicht, dass ich kein Blut sehen kann! Denken Sie denn, ich wäre so schwach – ach – am liebsten würde ich dein Blut sehen, deinen Kopf auf einem Holzklotz – ich würde gern dein ganzes Geschlecht in einem See wie diesem schwimmen sehen – ich glaube, ich könnte sogar aus deinem Schädel trinken, ich würde meine Füße in deinem Brustkorb baden und dein Herz würde ich durchgebraten essen! Du denkst, ich wäre schwach, du glaubst, ich würde dich lieben, nur weil meine Lebensfrucht deine Samen begehrt; du glaubst, ich würde voll Freude deinen Nachkommen unter meinem Herzen tragen und ihn mit meinem Blut nähren – dein Kind gebären und deinen Namen annehmen – übrigens, wie heißt du eigentlich? – ich habe nie deinen Familiennamen gehört – wahrscheinlich hast du gar keinen, wie ich mir denken kann. Ich würde Frau »Pförtnerhaus« werden – oder Madame Bobacken – du Hund trägst doch mein Halsband, Kerl, der du meine Familienwappen auf deinen Knöpfen trägst – ich habe dich mit meiner Köchin geteilt, konkurriere mit meinem Stubenmädchen! – Oh, oh! – Du denkst, ich wäre so feige, dass ich fliehen wollte! Nein, jetzt bleibe ich – mag das Schicksal seinen Lauf nehmen! Mein Vater kommt nach Hause – er wird seinen Büroschrank aufgebrochen finden – sein Geld verschwunden – dann wird er klingeln – mit dieser Glocke – zweimal, nach der Dienerschaft – und dann wird er nach der Polizei schicken lassen – und dann werde ich alles erzählen! Alles! Ach, es wird herrlich sein, dem Ganzen ein Ende zu bereiten – wenn es nur ein Ende haben wird – und dann wird ihn der Schlag treffen, und er stirbt! – dann ist wirklich alles zu Ende – und dann wird Ruhe einkehren – Ruhe – ewige Ruhe – und dann wird das Wappen über dem Sarg zerbrochen – das Grafengeschlecht ist ausgestorben, und die Nachkommenschaft des Dieners lebt weiter im Waisenhaus – gewinnt den Prozess im Rinnstein und endet im Gefängnis!

JEAN. Jetzt spricht das Königsblut! Bravo, Fräulein Julie! Stecken Sie den Müller einfach in den Sack!

KRISTIN *(für die Kirche gekleidet, mit dem Gesangsbuch in der Hand).*

FRÄULEIN JULIE *(eilt zu ihr und fällt ihr in die Arme, als würde sie bei ihr Schutz suchen).* Hilf mir, Kristin! Schütze mich vor diesem Mann!

KRISTIN *(unbeweglich und kühl).* Was ist das nun wieder für ein Spektakel an einem Feiertagsmorgen? *(Guckt zum Hauklotz.)* Und was ist das für ein Schweinkram hier! Was soll das bedeuten? Und wie Sie hier herumschreien und jammern!

FRÄULEIN JULIE. Kristin! Du bist eine Frau, und du bist meine Freundin! Hüte dich vor diesem Nichtsnutz!

JEAN *(verdutzt).* Während die Damen weiter diskutieren, werde ich mich rasieren gehen! *(Geht nach rechts ab.)*

FRÄULEIN JULIE. Du verstehst mich doch, und du musst mir einfach zuhören!

KRISTIN. Nein, solche verzwickten Spielchen verstehe ich absolut nicht! Wohin wollen Sie denn, Sie sind ja in

Reisekleidung – und er steht da mit dem Hut, also … also …?

FRÄULEIN JULIE. Hör mir zu, Kristin, hör mir zu, dann werde ich dir alles erzählen …

KRISTIN. Ich will überhaupt nichts wissen …

FRÄULEIN JULIE. Du musst mir zuhören …

KRISTIN. Worum geht es? Geht es um diese Dummheiten mit Jean? Ich habe schon mal gesagt, dass mich das überhaupt nicht interessiert, da will ich mich gar nicht einmischen. Aber wenn sie ihn überreden will, von hier auszureißen, dann werden wir dem schon einen Riegel vorschieben!

FRÄULEIN JULIE *(äußerst nervös)*. Kristin, nun sei ganz ruhig und hör mir zu! Ich kann nicht hier bleiben, und Jean kann auch nicht hier bleiben – also, wir müssen einfach fortreisen.

KRISTIN. Hm, hm.

FRÄULEIN JULIE *(entspannt sich)*. Aber hör mal, ich habe da eine Idee – wenn wir jetzt alle drei fahren würden – ins Ausland, in die Schweiz, und dort zusammen ein Hotel aufmachen – ich habe Geld dafür, weißt du – und Jean und ich werden es führen, und du, habe ich mir gedacht, du könntest dich um die Küche kümmern – wäre das nicht prima! – Sag ja! Und komm mit uns, dann lässt sich alles regeln! – Sag ja! Bitte! *(Sie umarmt Kristin und streichelt sie.)*

KRISTIN *(kühl und nachdenklich)*. Hm, hm.

FRÄULEIN JULIE *(Tempo presto)*. Du warst doch nie draußen, bist nie verreist, Kristin – und jetzt sollst du rauskommen und dich in der Welt umgucken – du kannst dir gar nicht vorstellen, wie lustig es ist, mit dem Zug zu fahren – die ganze Zeit neue Menschen – neue Länder – und dann kommen wir nach Hamburg und gucken uns bei der Durchfahrt den Zoologischen Garten an – das wird dir gefallen – und dann gehen wir ins Theater und lauschen der Oper – und wenn wir nach

München kommen, gehen wir ins Museum – du – und da gibt es Rubens und Raffael, die größten Maler, die du dir denken kannst – du hast doch schon mal von München gehört, wo König Ludwig gelebt hat – dieser König, weißt du, der wahnsinnig geworden ist – und dann können wir uns sein Schloss angucken – das Schloss steht immer noch, und es ist eingerichtet wie in einem Märchen – und von dort ist es nicht mehr weit bis in die Schweiz – mit den Alpen, weißt du – denk dir nur, die Alpen, mit Schnee drauf, mitten im Sommer – und da wachsen Apfelsinen und Lorbeer, der das ganze Jahr über grün ist … *(Jean ist in den rechten Kulissen zu sehen, wie er das Rasiermesser an einem Riemen schärft, den er mit den Zähnen und der linken Hand hält, offensichtlich zufrieden mit dem Gespräch, ab und zu Beifall nickend.)*

FRÄULEIN JULIE *(Tempo prestissimo).* … und da kaufen wir ein Hotel – und ich sitze an der Kasse, während Jean die Reisenden empfängt und die Geschäfte führt – Briefe schreibt – das wird ein Leben, glaube es mir – da pfeift die Eisenbahn, da kommt der Omnibus, da klingelt es aus den Zimmern, da klingelt es im Restaurant – und dann schreibe ich die Rechnungen – und ich kann sie ziemlich saftig ausfallen lassen – du glaubst gar nicht, wie schüchtern die Reisenden sind, wenn sie ihre Rechnung bezahlen sollen! – Und du – du sitzt als Oberköchin in der Küche. – Du musst natürlich nicht selbst am Herd stehen – und du darfst in guten, hübschen Kleidern herumlaufen, wenn du dich unters Volk mischst – und du mit deinem Aussehen … nein, nein, ich schmeichle dir nicht – du wirst dir eines schönen Tages schon einen Mann angeln! Einen reichen Engländer, weißt du – diese Leute sind so leicht *(wird langsamer)* einzufangen … und dann werden wir reich und bauen uns eine Villa am Comer See – da regnet es zwar ab und zu – aber *(wie betäubt)* die Sonne wird ja wohl auch manchmal scheinen

... auch wenn es trübe aussieht ... und ... dann ... sonst können wir ja wieder nach Hause fahren, zurückkehren. *(Pause.)* Hierher ... oder woanders hin ...

KRISTIN. Wie bitte? Glaubt das Fräulein selbst daran?

FRÄULEIN JULIE *(zerschmettert)*. Ob ich selbst dran glaube?

KRISTIN. Ja!

FRÄULEIN JULIE *(müde)*. Ich weiß es nicht, ich glaube an gar nichts mehr. *(Lässt sich auf die Bank fallen, legt den Kopf zwischen die Arme auf den Tisch.)* An gar nichts! An absolut gar nichts!

KRISTIN *(wendet sich nach rechts, wo Jean steht)*. Er wollte also abhauen!

JEAN *(verblüfft, legt das Rasiermesser auf den Tisch)*. Abhauen! Das ist ja wohl etwas zu scharf formuliert! Du hast doch das Projekt des Fräuleins gehört, und auch wenn sie nach der durchwachten Nacht müde ist, kann das Projekt immer noch ausgeführt werden!

KRISTIN. Hört, hört! Habt ihr euch gedacht, ich soll für euch die Köksch da unten machen ...

JEAN *(schroff)*. Du könntest jedenfalls eine anständige Sprache benutzen, wenn du mit deiner Herrin sprichst! Das sollte dir doch wohl klar sein!

KRISTIN. Meine Herrin!

JEAN. Ja!

KRISTIN. Also nein! Hat man so was schon gehört!

JEAN. Ja, und nun hör bitte gut zu, das kann dir nicht schaden, und rede dafür mal etwas weniger! Fräulein Julie ist deine Hausherrin, und in dem Maße, wie du sie verachtest, müsstest du dich dann selbst verachten!

KRISTIN. Meine Selbstachtung ist mir immer sehr wichtig gewesen ...

JEAN. So wichtig, dass du andere verachten kannst!

KRISTIN. So wichtig, dass ich nie unter meinen eigenen Stand gesunken bin. Nun erzählt nur nicht, die Köchin des Grafen hätte etwas mit den Gerüchten und der ganzen Schweinerei zu tun! Ich muss doch sehr bitten!

JEAN. O ja, du hast es mit einem sauberen Burschen zu tun, das ist dein Glück!

KRISTIN. Ein wirklich sauberer Bursche, der den Hafer des Grafen direkt aus dem Stall verkauft …

JEAN. Das musst du auch gerade sagen, die du selbst zehn Prozent beim Krämer einsteckst und dich vom Schlachter bestechen lässt.

KRISTIN. Wie bitte?

JEAN. Und du kannst keinen Respekt mehr vor deiner Herrschaft haben! Du, ausgerechnet du!

KRISTIN. Kommt er jetzt mit in die Kirche? Er könnte nach seiner Heldentat eine gute Predigt gebrauchen!

JEAN. Nein, ich gehe heute nicht in die Kirche, das musst du allein machen und dort deine Taten beichten!

KRISTIN. Das werde ich auch tun, und ich werde mit einer Absolution zurückkommen, die auch noch für dich reicht! Der Heiland hat für alle unsere Sünden am Kreuz gelitten und ist daran gestorben, und wenn wir uns ihm demütig mit Glauben und bußbereitem Sinn nähern, dann nimmt er alle unsere Schuld auf sich.

FRÄULEIN JULIE. Glaubst du das wirklich, Kristin?

KRISTIN. Das ist mein lebendiger Glaube, so wahr ich hier stehe, und das ist mein Kinderglaube, den ich aus meiner Jugend bewahrt habe, Fräulein Julie. Und da, wo die Sünde im Überfluss vorhanden ist, ist auch Gnade im Überfluss vorhanden!

FRÄULEIN JULIE. Ach, wenn ich deinen Glauben hätte! Ach, wenn ich doch …

KRISTIN. Nun, es heißt, dass man ihn nicht ohne Gottes besondere Gnade bekommt, und nicht allen ist es gegeben, ihn zu erhalten …

FRÄULEIN JULIE. Wer erhält ihn dann?

KRISTIN. Das ist das große Geheimnis der Gnade, mein Fräulein, und Gott geht dabei ohne Ansehen der Person vor, denn die Letzten werden die Ersten sein …

FRÄULEIN JULIE. Aber dann geht er bei den Letzten ja doch nach dem Ansehen der Person vor?

KRISTIN *(fährt fort)*. ... und es ist leichter für ein Kamel, durch ein Nadelöhr zu kommen, als für einen Reichen, in Gottes Reich zu gelangen! Ja, so ist es nun einmal, Fräulein Julie! – Aber nun gehe ich – allein, und im Vorbeigehen werde ich dem Stallburschen sagen, dass er keine Pferde herauslassen soll, falls jemand abreisen will, bevor der Graf wieder zurück ist! Adieu! *(Geht.)*

JEAN. So ein Teufel! Und das alles nur wegen eines Zeisigs!

FRÄULEIN JULIE *(träge)*. Lasst den Zeisig aus dem Spiel! – Sehen Sie einen Ausweg aus all dem, eine Möglichkeit, dem bösen Spiel ein Ende zu bereiten?

JEAN *(denkt nach)*. Nein!

FRÄULEIN JULIE. Was würden Sie an meiner Stelle machen?

JEAN. An Ihrer? Warten Sie! – Adlig geboren, als Frau, dann – abgestiegen. Ich weiß es nicht ... doch, jetzt weiß ich es!

FRÄULEIN JULIE *(nimmt das Rasiermesser und macht eine Geste damit)*. So?

JEAN. Ja! Aber *ich* würde es nicht machen, wohlgemerkt! Denn das ist der Unterschied zwischen uns!

FRÄULEIN JULIE. Weil Sie ein Mann sind und ich eine Frau? Was ist das für ein Unterschied?

JEAN. Der gleiche Unterschied wie – zwischen Mann und Frau!

FRÄULEIN JULIE *(mit dem Messer in der Hand)*. Ich will es tun! Aber ich kann es nicht! – Mein Vater konnte es auch nicht, damals, als er es hätte machen sollen!

JEAN. Nein, er hätte es nicht machen sollen. Er musste sich erst noch rächen!

FRÄULEIN JULIE. Und jetzt rächt sich meine Mutter wieder, durch mich!

JEAN. Haben Sie Ihren Vater nicht geliebt, Fräulein Julie?

FRÄULEIN JULIE. Doch, grenzenlos, aber ich habe ihn wohl auch gehasst! Ich muss es getan haben, ohne dass ich es gemerkt habe. Aber schließlich war er es, der mich zur Verachtung meines eigenen Geschlechts erzogen hat, zu einer halben Frau und einem halben Mann! Wer trägt die Schuld an dem, was passiert ist? Mein Vater, meine Mutter, ich selbst! Ich selbst? Ich war ja gar nicht ich selbst! Ich besaß nicht einen einzigen Gedanken, den ich nicht von meinem Vater bekommen hatte, nicht eine Leidenschaft, die ich nicht von meiner Mutter gelernt hatte, und das Letzte, die Lehre, dass alle Menschen gleich sind, die kriegte ich von ihm da, von meinem Verlobten, den ich deshalb als einen Taugenichts bezeichne! Wie soll das dann mein eigener Fehler sein? Die Schuld auf Jesus abwälzen, so wie Kristin es gemacht hat – nein, dazu bin ich zu stolz und zu klug – dank der Lehren meines Vaters – und dass ein Reicher nicht in den Himmel kommen kann, das ist gelogen, und Kristin, die Geld auf der Sparkasse hat, die kommt sowieso nicht dorthin! Wessen Fehler ist das? Was geht es uns an, wessen Fehler das ist, bin ich es doch sowieso, die die Schuld bekommt und die die Folgen tragen muss!

JEAN. Ja, aber … *(Die Glocke klingelt zweimal schroff; das Fräulein springt auf; Jean zieht sofort eine andere Jacke an.)*

JEAN. Der Graf ist zu Hause! Wenn jetzt Kristin … *(Geht zum Sprechrohr, klopft und horcht.)*

FRÄULEIN JULIE. War er schon am Geldschrank?

JEAN. Hier ist Jean! Herr Graf! *(Hört. – Achtung, die Zuschauer hören nicht, was der Graf sagt.)* Ja, Herr Graf! *(Hört zu.)* Ja, Herr Graf! Sofort! *(Hört.)* Sogleich, Herr Graf! *(Hört.)* Ja, gut. In einer halben Stunde!

FRÄULEIN JULIE *(äußerst ängstlich)*. Was hat er gesagt? Mein Gott, was hat er gesagt?

JEAN. Er wollte seine Stiefel und seinen Kaffee in einer halben Stunde!

FRÄULEIN JULIE. Also in einer halben Stunde! Ach, ich bin so müde, ich kann gar nichts mehr tun, kann nichts bereuen, nicht fliehen, nicht bleiben, nicht leben – nicht sterben! Helfen Sie mir doch! Befehlen Sie mir, und ich werde wie ein Hund gehorchen! Tun Sie mir einen letzten Gefallen, retten Sie meine Ehre, retten Sie seinen Namen! Sie wissen, was ich machen *sollte*, aber nicht will, wollen Sie es, befehlen Sie mir, es auszuführen!

JEAN. Ich weiß nicht – jetzt kann ich es auch nicht mehr – ich begreife es nicht – es scheint fast, als ob diese Jacke das bewirkt hat – ich kann Ihnen nicht befehlen – und jetzt, nachdem der Graf mit mir geredet hat – da, ich kann es nicht so recht erklären, aber ... es ist dieser verdammte Diener, der mir im Nacken sitzt! Ich glaube, würde der Graf jetzt herunterkommen und mir befehlen, ich solle mir die Kehle durchschneiden, so würde ich es auf der Stelle tun.

FRÄULEIN JULIE. Dann tun Sie doch so, als ob Sie er wären – und ich wäre Sie! Sie konnten doch letztens so gut spielen, als Sie auf den Knien lagen – da waren Sie ein Adelsmann – oder – waren Sie nie im Theater und haben den Hypnotiseur gesehen ... *(Zustimmende Geste von Jean.)* Er sagt seinem Medium: Nimm den Besen, und es nimmt ihn, er sagt: Fege, und es fegt ...

JEAN. Dann muss aber der andere schlafen!

FRÄULEIN JULIE *(ekstatisch)*. Ich schlafe bereits ... der ganze Raum steht wie im Nebel um mich, und Sie sehen aus wie eine eiserne Esse, die einem schwarz gekleideten Mann mit Zylinder ähnelt – und Ihre Augen leuchten wie die Kohle, wenn das Feuer erloschen ist – und Ihr Gesicht ist ein weißer Fleck wie die Asche ... *(Die Sonne scheint inzwischen auf den Boden und beleuchtet Jean.)* ... es ist so schön warm ... *(Sie reibt sich die Hände, als wärmte sie sich vor einem Feuer.)* ... und so hell ... und so friedlich!

JEAN *(ergreift das Rasiermesser und legt es ihr in die Hand)*. Da ist der Besen! Geh jetzt, im Augenblick ist es gerade schön hell – in die Tenne, und ... *(Flüstert ihr etwas ins Ohr.)*

FRÄULEIN JULIE *(wach).* Danke! Jetzt werde ich mich ausruhen! Aber eines möchte ich vorher noch wissen – ob die Ersten auch die Gabe der Gnade empfangen können. Sagen Sie es mir, auch wenn Sie nicht daran glauben!

JEAN. Die Ersten? Nein, das kann ich nicht! Aber warten Sie – Fräulein Julie – jetzt hab ich's! Sie gehören doch gar nicht mehr zu den Ersten, Sie sind mittlerweile unter den – Letzten!

FRÄULEIN JULIE. Das stimmt. Ich bin unter den Allerletzten; ich bin die Allerletzte! Ach! Aber jetzt kann ich nicht mehr gehen. – Sagen Sie noch einmal, dass ich gehen soll!

JEAN. Nein, nun kann ich es auch nicht mehr! Ich kann nicht!

FRÄULEIN JULIE. Und die Ersten werden die Letzten sein!

JEAN. Nicht denken! Nicht nachdenken! Sie entziehen mir ja auch alle Kraft, dass ich ganz feige werde – leise, ich glaube, die Glocke hat sich gerührt! ... Nein! Wollen wir ein Stück Papier dazwischenschieben? ... Dass man solche Angst vor einer Glocke haben kann! ... Nun ja, schließlich ist es nicht einfach nur eine Glocke, da sitzt jemand am anderen Ende – eine Hand setzt sie in Bewegung – aber da braucht man sich ja nur die Ohren zuzuhalten – Ohren zuhalten! Ja, doch läutet sie dann nur noch umso heftiger – er läutet immer weiter, bis er eine Antwort kriegt – und dann ist es zu spät! Und dann kommt der Amtmann – und dann ... *(Zwei laute Signale der Glocke.)*

JEAN *(zuckt zusammen, anschließend richtet er sich auf).* Das ist fürchterlich! Aber es gibt keine andere Lösung! – Geh!

FRÄULEIN JULIE *(geht entschlossen durch die Tür ab).*

Vorhang.

Literaturhinweise

Ahlström, Stellan: Strindbergs erövring av Paris. Strindberg och Frankrike 1884–1895. Stockholm 1956.

Arrestad, Sverre: Ibsen, Strindberg and Naturalist Tragedy. In: Theatre Annual 24 (1969) S. 6–13.

Bellquist, John Eric: Rereading *Fröken Julie*: Undercurrents in Strindberg's Naturalist Intent. In: Scandinavian Studies, 60 (1988) S. 1–11.

Bergholz, Harry: Toward an Authentic Text of Strindberg's *Fröken Julie*. In: Orbis litterarum 9 (1954) S. 167–192.

– *Miss Julia*: Strindberg's Response to J. P. Jacobsen's *Fru Marie Grubbe*. In: Scandinavica 11 (1972) S. 13–19.

Bergman, Ingmar: *Fröken Julie*, Programme Essay, Dramaten, 7. Dezember 1985.

Bergoo, Britta / Marianne Giselsson / Ninne Olsson: Ett nytt slut på *Fröken Julie*. In: Ord och Bild 81 (1972) H. 4. S. 196–199.

Brahm, Otto: Strindbergs *Fräulein Julie*. In: Kritiken und Essays. Hrsg. von Fritz Martini. Zürich/Stuttgart 1964. S. 452–457.

Brennecke, Detlef: *Fröken Julie* auf deutsch. Fünf Übersetzer suchen August Strindberg. In: W. Friese (Hrsg.): Strindberg und die deutschsprachigen Länder. Basel/Stuttgart 1979. S. 161–194.

– Erbarmen mit dem ›Halbweib‹! August Strindbergs naturalistisches Trauerspiel *Fräulein Julie*. In: Von Tegnür bis Tranströmer. Zwölf Essays zur schwedischen Literatur. In: Texte und Untersuchungen zur Germanistik und Skandinavistik 28. Frankfurt a. M. 1991. S. 37–50.

Dahlström, Carl E. W. L.: Strindberg's ›Naturalistika sorgespel‹ and Zola's naturalism. In: Scandinavian Studies 17 (1942/43) S. 269–281; 18 (1944/45) S. 14–36, 41–60, 98–114, 138–155, 183–194.

Dieckmann, Friedrich: Diskurs über Fräulein Julie. In: Theater der Zeit 45 (1990) H. 7. S. 29.

Dodd, Philip: Fairy Tale, the Unconscious and Strindberg's *Miss Julie*. In: Literature and Psychology 28 (1978) H. 3/4. S. 145–150.

Durbach, Errol: The Eclectic Theatricalism of *Miss Julie*. In: Scandinavian-Canadian Studies 2 (1986) S. 3–10.

Ekman, Hans Göran: Klädernas magi I *Fröken Julie*. In: Strindbergiana 4 (1989) S. 20–36.

Enquist, Per Olov: Målet med *Fröken Julie*. In: Kartritarna 1992. S. 56–91.

Fraenkl, Pavel: Strindberg og *Fröken Julie*. In: Nordisk Tidskrift 39 (1963) S. 337–342.

Franchuk, Edward S.: Symbolism in *Miss Julie*. In: Nordic Theatre Studies (1993) H. 1/2. S. 11–15.

Friou, Kenneth A.: Non-naturalist elements in Strindberg's principal naturaliste plays: *Miss Julie* and *The Father*. Diss. University of Wisconsin 1972.

Gabrielli, Mario: Il naturalismo di Strindberg. In: Studi germanici 6 (1940) S. 363–401.

Gravier, Maurice: Le Théâtre Naturaliste de Strindberg. Realité et Poésie. In: Réalisme et Poésie au Théâtre. Paris 1960. S. 99–117.

Greenway, John L.: Strindberg and Suggestion in *Miss Julie*. In: South Atlantic Review 51 (1986) H. 2. S. 21–34.

Hallingberg, Gunnar: Jean och ordets makt. In: Text och teater. Festskrift till Lennart Breitholtz. Göteborg, 1974. S. 31–48.

Hayes, Stephen / Julius Zentner: Strindberg's *Miss Julie*: lilacs and beer. In: Scandinavian Studies 45 (1973) S. 59–64.

Hensel, Georg: Play *Fräulein Julie*. In: Das Theater der siebziger Jahre: Kommentar, Kritik, Polemik. Stuttgart 1980. S. 143–147.

Houghton, Norris: Seeds of Modern Drama. New York 1986.

Jacobsohn, Siegfried: *Fräulein Julie*. In: Das Jahr der Bühne 1920. S. 37–43.

Jensen, Thorkild Borup: Strindbergs forord til *Fröken Julie* som naturalistisk programskrift. In: Nordisk litteraturhistorie – en bog til Brøndsted 12. november 1978. Odense 1978. S. 233–247.

Josephson, Lennart: Strindbergs drama *Fröken Julie*. Stockholm 1965.

Karnick, Manfred: *Fräulein Julie* als Motivpartitur. Zur musikalischen Komposition in Strindbergs ›Naturalistischem Trauerspiel‹. In: Poetica 10 (1978) H. 4. S. 468–484.

Kerr, Alfred: Strindberg. In: A. K.: Das moderne Drama. Berlin ^{3}1909. S. 246–250. [Über *Fräulein Julie*.]

Lagerroth, Ulla B. / Göran Lindström (Hrsg.): Perspektiv på *Fröken Julie*. Dokument och studier. Stockholm 1972.

Lally, M. L. K.: Strindberg's *Miss Julie*. In: The Explicator 48 (1990) H. 3. S. 196–198.

Lamm, Martin: Strindbergs dramer. Stockholm 1948.

Lothar, Ernst: ›Das hier fängt an, peinlich zu werden‹ oder: Strindbergs *Fräulein Julie*. In: Macht und Ohnmacht des Theaters (Ausgew. Werke 6). Wien/Hamburg 1968 S. 98–100.

Lunin, Hanno: Strindbergs Dramen. Emsdetten 1962. (Die Schaubühne. 60.)

Madsen, Børge Gedsø: Strindberg as a Naturalistic Theorist. The Essay *Om modernt drama och modern teater.* In: Scandinavian Studies 30 (1958) S. 85–92.

Meyer, Michael: Introduction to *Miss Julie*. In: The Plays of Strindberg. 2 Bde. New York 1964. Bd. 1. S. 89–97.

Napieralski, Edmund A.: *Miss Julie:* Strindberg's Tragic Fairy-Tale. In: Modern Drama 26 (1983) H. 3. S. 282–289.

Olive, David: Possibilities of Performance: New Ways of Teaching Dramatic Literature. In: Links and Letters 2 (1995) S. 9–17.

Ollén, Gunnar: Strindbergs dramatik. Stockholm 1948. [4]1982.

Parker, Brian: Strindberg's *Miss Julie* and the Legend of Salome. In: Modern Drama. 32 (1989) H. 4. S. 469–484.

Rokem, Freddie: Länge leve hundraäringarna. In: Strindbergiana 4 (1989) S. 13–19.

Sauter, Willmar / Jacqueline Martin / Knut Ove Arntzen: Reflections on *Miss Julie*. The New Scandinavian Experimental Theatre's *Miss Julie* in Copenhagen, 1992. In: Nordic Theatre Studies 6 (1993). H. 11. S. 3–10.

Schmidt, Povl: Sjælemord: August Strinbergs *Fröken Julie*. In: Uvisse forvandlinger: Læsninger I det modernes skandinaviske opbrudslitteratur I 1880erne. Odense University Studies in Scandinavian Languages and Literatures 31, (1994) S. 15–57.

Smedmark, Carl Reinhold: »Inledning« und »Kommentarer« to *Fröken Julie* in August Strindbergs dramer. 4 Bde. Stockholm 1964. Bd. 3. S. 277–295, 495–511.

Sprinchorn, Evert: »Introduction« and »A Note on Production«. In: August Strindberg: *Miss Julie*. San Francisco 1961. S. VII–XIV.

– Julie's End. In: Strindberg Society (Hrsg.): Essays on Strinberg. Stockholm 1966. S. 19–27.

Stricker, Sebastian: Wer sich nicht wehrt, endet am Herd. Die Figur der »Kristin« in August Strindbergs *Fröken Julie*. In: Essener Schriften zur Skandinavistik 2 (2001).

Templeton, Alice: *Miss Julie* as A Naturalistic Tragedy. In: Theatre Journal 42 (1990) H. 4. S. 468–480.

Törnqvist, Egil: Slutet I *Fröken Julie*. In: Strindbergiana 4 (1989) S. 37–55.

– / Bary Jacobs: Strindberg's *Miss Julie*: A Play and its Transpositions. Norwich 1988.

Vian, Boris: A propos de Julie. Paris-Théâtre No. 66 (1952).

Vogelweith, Guy: Le psychothéâtre de Strindberg. Paris 1972.

Weiss, Peter: Nachwort zu August Strindberg: *Fräulein Julie*. Ein naturalistisches Trauerspiel. Deutsche Übertr. und Nachw. von Peter Weiss. Frankfurt a. M. 1976.

Yell, Susan: Gender, Class and Power: Text, Process and Production in Strindberg's *Miss Julie*. In: Terry Threadgold and Anne Cranny-Francis (Hrsg.): Feminine/Masculine and Representation. Sydney 1990. S. 190–210.

Nachwort

Von Ruprecht Volz

»Hiermit nehme ich mir die Freiheit, Ihnen das erste naturalistische Trauerspiel der schwedischen Dramatik anzubieten, und ich bitte Sie, es nicht abzulehnen, damit Sie es später nicht zu bereuen brauchen [...] dieses Stück wird in die Annalen eingehen.« Mit diesen selbstbewussten Worten hatte am 10. August 1888 der schwedische Dramatiker August Strindberg (1849–1912) dem Stockholmer Verleger Karl Otto Bonnier seinen Einakter *Fräulein Julie* angeboten, den er soeben in dem verfallenen Lustschloss Skovlyst bei Holte (Dänemark) innerhalb von vierzehn Tagen niedergeschrieben hatte. Obwohl hier kein unbekannter Literat voller Selbstüberschätzung sein neuestes Werk anbot, sondern ein Schriftsteller, der sich durch die Dramen *Meister Olof* (1872–76) und *Der Vater* (1887), durch den sozialkritischen Künstlerroman *Das rote Zimmer* (1879) und den umstrittenen Erzählzyklus *Heiraten* (1884–86) bereits einen Namen gemacht hatte, lehnte der Verlagsleiter eine Veröffentlichung mit der Begründung ab, die vorgelegte Arbeit sei zu naturalistisch und ihre Veröffentlichung zu riskant. So musste *Fräulein Julie* im Verlag Joseph Seligmanns zu Stockholm im November 1888 erscheinen, nachdem mehrere Streichungen und Textänderungen vorgenommen worden waren, deren Umfang erst 1936 nach dem Auffinden der Originalhandschriften erkannt wurde. In einer 1963 erschienenen kritischen Edition sind diese Eingriffe rückgängig gemacht worden.

Strindberg lebte im Sommer 1888 mit seiner Frau, der ehemaligen Schauspielerin Siri von Essen, unter dem Druck schwerer finanzieller Sorgen, sodass ein Erfolg seines neuen dramatischen Stücks eine Frage des Überlebens war. Die Chance, das Werk an einem öffentlichen Theater

Skandinaviens unterzubringen, war dahingeschwunden, nachdem sich Autoritäten wie der norwegische Dramatiker Bjørnstjerne Bjørnson über die Unsittlichkeit des Dramas empörten und der Literaturprofessor Karl Warburg in einem Zeitungsartikel von einem »Müllhaufen« und einem »einzigen großen Fehlgriff« sprach, der in einer Sprache verfasst sei, »die so nur im Nest der Trunkenheit und der Unzucht benutzt wird«. Dennoch glaube, so fährt der Wissenschaftler fort, der Autor naiverweise an die Möglichkeit, dass *Fräulein Julie* aufgeführt werden könnte. Ungeachtet dieser vernichtenden Kritik gab Strindberg nicht auf, sondern plante, in dem von ihm neu gegründeten »Skandinavischen Versuchstheater«, das nach dem Vorbild des »Théâtre Libre« von André Antoine in Paris ein modernes Repertoire bieten wollte und im Kopenhagener »Dagmar-Theater« aufgenommen worden war, das Werk herauszubringen, was jedoch von der dänischen Zensur verhindert wurde.

Trotz dieser abenteuerlichen Vorgeschichte gelang es endlich, *Fräulein Julie* am 14. März 1889 in einer geschlossenen Vorstellung des Studentenverbandes in Kopenhagen aufzuführen. Im Heimatland des Dichters konnte das naturalistische Trauerspiel erst im Herbst 1904, also sechzehn Jahre nach seiner Entstehung, der schwedischen Öffentlichkeit vorgestellt werden. Nach und nach wurden die Vorbehalte gegen das gefährliche Stück parallel zur Ausbreitung der neuen Erkenntnisse aus der Schule Sigmund Freuds aufgegeben, um einer gerechteren Bewertung Platz zu machen, besonders nachdem in Deutschland, dem Land der Bewährung für die skandinavische Literatur, durch die Theaterarbeit Max Reinhardts von 1904 an freie Bahn für *Fräulein Julie* geschaffen war. Das neue Medium des Films nahm sich rasch des Stoffes an: zuerst wurde 1912 eine Theaterinszenierung mit August Falck in einer heute verlorenen Aufzeichnung festgehalten, drei Jahre später folgte eine russische Version, 1919 eine ungarische Verfilmung.

Der spätere Hollywoodregisseur William Dieterle drehte 1921 in Deutschland mit Asta Nielsen eine freie Fassung, die in Schweden gekürzt, in Dänemark und Norwegen überhaupt verboten wurde. Alf Sjöberg schuf 1951 die klassische Verfilmung des Dramas und gewann damit im selben Jahr den großen Preis der Filmfestspiele in Cannes. Am 8. September 1975 fand die Uraufführung der Kammeroper *Fräulein Julie* des Italieners Antonio Bibalo in Aarhus statt, ein Jahr später komponierte der Engländer William Amlyns eine englische Opernvariante. Auch als Ballett gelangte das Drama in der Choreographie Birgit Cullbergs mehrfach seit 1950 auf die Bühne und zeugt von den vielfältigen Gestaltungsmöglichkeiten, die diesem klassischen Werk des modernen Theaters innewohnen.

Wie die meisten Stücke Strindbergs ist *Fräulein Julie* eine Einheit aus dem Niederschlag aktueller philosophischer oder politischer Debatten, den Produkten experimentierenden Kunstbewusstseins und sublimierten Partikeln persönlichen Erlebens. Der Aufenthalt in Skovlyst hatte Strindberg in ein kurzes sexuelles Abenteuer mit der sechzehnjährigen Schwester des Verwalters hineingleiten lassen, das in ihm, ganz im Geist Nietzsches, das Gefühl wachrief, als Geistesaristokrat durch ein tief unter ihm stehendes Paria-Wesen beschmutzt worden zu sein. Diese Erschütterung weckte in ihm, dem sonst streng monogamen Mann, die Furcht, dass auch seine Frau Siri dem Drang eines unkontrollierten Triebes nachgeben und der erotischen Anziehungskraft des Verwalters erliegen könnte. Die eilig hingeworfenen Szenen der tragischen Handlung waren als Warnung vor den Gefahren eines verirrten Gefühlslebens und einer unüberlegten Verbindung zweier Menschen über gesellschaftliche Schranken hinweg gedacht. Für den Schluss des Bühnenwerks hatte ein aufsehenerregender Fall aus dem engeren Bekanntenkreis Strindbergs die Vorlage geliefert, denn am 22. Juli 1888, also kurz vor der Niederschrift von *Fräulein Julie*, hatte sich die schwedische Romanschriftstellerin Victoria Benedictsson aus unglücklicher Liebe zu Georg Brandes mit einem Rasiermesser das Leben genommen, ein Leben, das in Strindbergs Augen aufgrund einer verfehlten, unharmonischen Erziehung des Mädchens durch den Vater unglücklich verlaufen musste. Wie weit auch seine in diesen Jahren gehegte Ansicht vom notwendigen Untergang der adeligen Oberschicht und dem unaufhaltsamen Aufstieg der rohen, gesunden und kraftvollen Unterklasse durch persönliche Erfahrungen in seiner Ehe – in dieser Verbindung einer Frau aus dem Adelsstand mit dem Sohn einer Dienstmagd – zusätzliche Nahrung erhielt, lässt sich aufgrund der wenigen Zeugnisse nicht mit Sicherheit sagen. Deutlich ist jedoch, wie viele Einzelheiten aus den Ereignissen des Sommers 1888 in das Drama Eingang gefunden haben.

Zu keinem anderen seiner Werke existiert ein so ausführlicher Kommentar Strindbergs wie zu *Fräulein Julie*. Die genaue Lektüre dieses Vorworts stellt daher die beste Hinführung zum Verständnis des Dramas und seines geistesgeschichtlichen Hintergrundes dar. Dass überhaupt einer Dichtung eine erklärende Vorrede beigegeben wird, ist aus dem bestimmenden Einfluss der französischen Literatur dieser Zeit, hier aus dem Vorbild Emile Zola und der Brüder Goncourt zu erklären: so hatte z. B. Zola dem Romanzyklus *Les Rougon-Macquart* (1871) eine Vorrede vorangestellt. Hier wie auch bei Strindberg tritt eine didaktisch-aufklärerische Tendenz zutage.

Das Vorwort zu *Fräulein Julie* wurde kurz nach der Fertigstellung des Dramas geschrieben und fasst als naturalistische Programmschrift die aktuellen weltanschaulichen und ästhetischen Strömungen der Zeit zusammen. Charles Darwin hatte mit seiner Abhandlung *Über den Ursprung der Arten durch natürliche Zuchtwahl* (1859) das grundlegende Werk der Abstammungslehre verfasst, in dem das

Überleben einer Art von der Fähigkeit der Anpassung an veränderte Umwelt- und Lebensbedingungen und die Verdrängung der Schwachen durch die biologisch Stärkeren dargestellt werden. Ein ähnlich mechanistisch-deterministisches Weltbild vertraten Herbert Spencer und Erwin Haeckel, die neben den Philosophen Friedrich Nietzsche und Eduard von Hartmann in den 80er Jahren des vorigen Jahrhunderts einen starken Einfluss auf die literarische Avantgarde des »Modernen Druchbruchs« in Skandinavien ausübten. Der Mensch erscheint hier nicht als ein sich frei entfaltendes Individuum, sondern als ein Produkt aus Milieu und Vererbung, dessen Schicksal nicht einer transzendenten Führung, sondern festgelegten Naturgesetzen gehorcht, die dem Prinzip von Ursache und Wirkung folgen. Auch das menschliche Seelenleben wird zum Objekt naturwissenschaftlicher, emotionsloser Analyse, deren literarische Darstellung vom Autor die Präzision und Sachlichkeit eines Wissenschaftlers erfordert, so dass Strindberg in diesem Zusammenhang von »Vivisektionen« sprechen kann.

Im Zentrum dieses »naturalistischen Trauerspiels« steht Julie, die – so das Vorwort – »das Schauspiel eines verzweifelten Kampfes wider die Natur bietet«, der nur mit dem Untergang des biologisch schwachen Lebewesen enden kann. Der Grund für diese selbstzerstörerische Auflehnung gegen die Natur liegt für Strindberg darin, dass sich Julie nicht von der Wertkategorie der Ehre, der Lebensform des zum Aussterben verurteilten Geburtsadels, lösen kann, dass sie die notwendige Verbindung mit dem neuen Nerven- und Großhirnadel, wie er in Jena verkörpert ist, in letzter Konsequenz verweigert und die naturbedingte Unterlegenheit der Frau gegenüber dem Mann im körperlichen und geistigen Bereich nicht anerkennt. Am 4. Dezember 1888 scheibt August Strindberg an Georg Brandes: »›Der Todhass der Geschlechter‹ [...] ist auch in diesem Stück vorhanden, aber hier kommt der bewusste Widerwille der minderwertigen Art hinzu, sich fortzupflanzen (vgl. Schopenhauer über Päderastie), der schwächliche Wille zum Leben, der Traum, von der Säule zu stürzen, der Unwille der Mutter zum Beischlaf, männliche Erziehung usw. Der Selbstmord ist richtig motiviert: durch die Unlust zu leben, das Sehnen nach dem Ende des Geschlechts im letzten schlechten Individuum, das Adelsgefühl der Schande über die Sodomie mit einer niederen Art.« Der dänische Literaturkritiker Edvard Brandes hatte eingewandt, dass der Selbstmord des Fräuleins »Romantik« und ein gezwungen effektvoller Schluss sei. Entschieden wendet sich Strindberg gegen die Auffassung: »Der Schluss ist nicht romantisch, er ist im Gegenteil mit *wacher* Hypnose (Kampf der Gehirne) ganz modern«, und er weist mit den dahinterstehenden Begriffen wie »Suggestion« und »Gedankenübertragung« auf die neuesten Erkenntnisse der Psychiatrie hin. Dieser Kampf der Gehirne ist ein alltäglich zu beobachtendes Phänomen des Kampfes ums Dasein, der starken und grausamen Kämpfe des Lebens, wie es im Vorwort heißt. Manche modernen Inszenierungen haben eine andere Lösung des Konflikts vorgeschlagen, indem die weibliche Hauptfigur das Abenteuer mit Jean als eine Episode hinnimmt und unbeschadet, vielleicht sogar gestärkt, ihr altes Leben weiterführt, doch verfehlen derartige Versuche der Deutung grundlegende Aussagen dieses naturalistisches Trauerspiels.

Partner und Gegner des adligen Fräulein ist Jean, der Prototyp jener neuen, aufsteigenden Klasse, dem bald – daran zweifelt Strindberg keinen Augenblick – als dem neuen, biologisch legitimierten Adel die Macht zufallen wird. Der Kammerdiener wird aber nicht idealisiert als vollkommener Prophet der Zukunft hingestellt, sondern erweist sich, allerdings nur vorläufig, als Verlierer, der mit den Scherben kühner Zukunftsträume am Ende des Stücks dasteht, da er noch den Ballast der untergehenden Gesellschaft, die Dienermentalität und den Aberglauben, in sich trägt und einer Fehleinschätzung in Bezug auf Fräulein Julie zum Opfer fällt. Das Werk trägt Züge einer Sozialreportage, die eine Umbruchsituation in gesellschaftlicher und geistiger Hinsicht schildert. Stolz weist Strindberg in einem Brief an Georg Brandes vom 1. Dezember 1888 mit einem Nietzsche-Zitat auf die exemplarische Bedeutung dieser Dramenfigur hin: »Bemerken Sie meine Umwerthung [im Original deutsch!] des Dieners – Figaro ein Jahr vor 1889?«

Wie sich in den modernen Charakteren der Julie und des Jean Vergangenes und Zukünftiges ballt und für das gegenwärtige Handeln eine Vielzahl verschiedenartiger Ursachen als Motivation zugrunde liegt, so argumentiert der Dramatiker Strindberg in seinem programmatischen Vorwort auf die Zeitebenen, die er im Bewusstsein künstlerischer Modernität auf ein Theater der Zukunft hin in Beziehung zueinander setzt. Die gegenwärtige Dramatik und ihre Repräsentation auf der Bühne ist eine Ausdrucksform der bürgerlichen, im Sinne der geschichtlichen Entwicklung bereits der Vergangenheit angehörenden Schicht, die nicht Lebenswirklichkeit erfahren, sondern sich betrügen und verdummen lassen will. Das Theater der Zukunft wird es vielleicht nicht mehr geben, oder es wird – hier spricht wieder die Hoffnung des Dramatikers Strindberg – eine »Stätte der Unterhaltung für Gebildete« sein. Zwischen den Relikten der Vergangenheit und den Vorboten einer kommenden, nur in Umrissen erkennbaren neuen Zeit will Strindberg das moderne Theater etablieren, das den naturwissenschaftlichen Methoden der »Reflexion, Untersuchung und Prüfung« verpflichtet ist, das Leben als wahrheitsgetreues und wahrscheinliches Schauspiel bietet und dem Zuschauer zu modernen Erkenntnissen verhilft. Für diese Aufgabe muss das zeitgemäße Drama als traditionsgebundene »Kunstform« zu existieren aufhören und mit den Normen einer überkommenen Ästhetik brechen. Die Identifikation des Zuschauers mit einer Bühnenfigur, mehr noch das Gefühl des Mitleids mit einer Heldin ist ein Zeichen von Schwäche, die für einen modernen Menschen unpassend ist. Hier steht Strindberg im krassen Gegensatz zur klassischen aristotelischen Dramentheorie, die durch die Erregung des Mitleids auf die Katharsis, die Reinigung der Affekte im Zuschauer, zielt.

Strindberg betont mehrmals, dass der Zuschauer im Zustand der Illusion gehalten werden müsse und sich nicht dem suggestiven Einfluss des Autors, der mit einem Magnetiseur verglichen wird, entziehen dürfe. Diese Feststellung wird nur dann ganz verständlich, wenn auch hier ein Kampf der Gehirne erkannt wird, der zwischen dem überlegenen Autor und dem schwächeren Zuschauer ausgetragen wird.

Auch die Wahl des Einakters als dramatische From besitzt programmatische Bedeutung, denn diese konzentrierte Darstellung war das Hauptanliegen in Antoines »Théâtre Libre« und entsprach der immer deutlicheren Neigung dieser Bühne, sich auf *ein* bedeutungsvolles Motiv unter Beachtung der Einheit von Zeit und Ort zu beschränken. Als avanciertestes Beispiel dieser Richtung galt die Gattung des »Quart d'heure«, eines Stückes mit einer Spieldauer von nur fünfzehn Minuten. Strindberg selbst weist aber in seinem Essay »Über modernes Drama und Theater« (1889) auf die Herkunft dieses Dramentyps von der griechischen Tragödie und den *Proverbes dramatiques* (1768–81) des französischen Stückeschreibers Carmontelle, der im 18. Jahrhundert lebte, hin.

Fräulein Julie ist aber kein Werk, das dem ästhetischen Programm des Naturalismus völlig entspricht, denn die breit angelegten Begründungen für die Einführung des Monologs, der Pantomime und des Ballets nehmen den Charakter von Entschuldigungen an, die nur aus der klaren Erkenntnis des Autors zu erklären sind, dass er die einengenden Forderungen einer festgelegten Kunstrichtung hinter sich gelassen hat. In der Gestaltung der Dekoration wendet er sich von einem detailversessenen Naturalismus ab und greift zu besseren, illusionsschaffenden Mitteln, indem er die Grenzen zu einer anderen Kunstgattung, zur impressionistischen Malerei überschreitet. Die Verwendung unsymmetrischer oder abgeschnittener Bühnenelemente entspricht ebenso wenig den Geboten des Naturalismus wie die Beseitigung des »Ausstattungspomps«, die in direkter Linie zu der nur mit symbolischen Andeutungen und Abstraktionen arbeitenden Bühne des *Damaskus*-Zyklus und späterer Werke führt. Als Exemplum naturalistischer Bühnenkunst zeigt *Fräulein Julie* bereits Elemente des zukünftigen Theaters, in dem sich die schöpferische Phantasie des Autors und der Zuschauer begegnen. Strindberg war nie Sklave festgesetzter Kunstnormen. Am Ende des Essays »Über modernes Drama und Theater« fasst er seine Wünsche und Erwartungen zusammen: »Mögen wir eine freie Bühne bekommen, wo man jegliche Freiheit hat – ausgenommen die, kein Talent zu haben und ein Heuchler oder Dummkopf zu sein!«

Inhalt